TEMPOS DE VIVER

SONIA SALERNO FORJAZ

TEMPOS DE VIVER

4ª EDIÇÃO

DeLeitura

Copyright © 2006 by Sonia Salerno Forjaz

Revisão: Maurício Silva
Capa: Niky Venâncio

**CIP- BRASIL CATALOGAÇÃO-NA-FONTE
SINDICATO NACIONAL DOS EDITORES DE LIVROS, RJ.**

F814t
4.ed.

Forjaz, Sonia Salerno
   Tempos de viver / Sonia Salerno Forjaz ; assessoria Maria Elci Spaccaquerche, Amaury Cesar Moraes. - 4.ed. - São Paulo : Aquariana : DeLeitura, 2006

   ISBN: 85-7217-096-0

   1. Ficção brasileira I. Título.

06-0658.
CDD 869.93
CDU 821.134.3(81)-3

DeLeitura é um selo da Editora Aquariana Ltda.

Direitos reservados:
Editora Aquariana Ltda.
Rua Lacedemônia, 68 — Vila Alexandria
04634-020 São Paulo - SP
Tel.: (0xx11)5031.1500 / Fax: 5031.3462
aquariana@ground.com.br
www.ground.com.br

Aos filhos,
Aos pais,
A todo sonho e
caminho partilhado.

PAIS E FILHOS

Dado Villa-Lobos, Renato Russo, Marcelo Bonfá

"...

Nada é fácil de entender
Dorme agora
É só o vento lá fora.
Quero colo
Vou fugir de casa
Posso dormir aqui com vocês?
Estou com medo
Tive um pesadelo
Só vou voltar depois das três
Meu filho vai ter nome de santo
Quero o nome mais bonito

É preciso amar as pessoas como se não houvesse amanhã
Porque se você parar pra pensar, na verdade não há.

Me diz por que é que o céu é azul
Me explica a grande fúria do mundo
São meus filhos que tomam conta de mim
Eu moro com a minha mãe mas meu pai vem me visitar
Eu moro na rua, não tenho ninguém
Eu moro em qualquer lugar
Já morei em tanta casa que nem me lembro mais
Eu moro com meus pais

. . .

Sou uma gota d'água
Sou um grão de areia
Você me diz que seus pais não entendem
Mas você não entende seus pais
E isso é absurdo
São crianças como você
O que você vai ser
Quando você crescer? "

PARTE I

EU SOU...

...MÁRCIA

I

Hoje eu estou furiosa. Culpa de quem? Claro! De quem mais poderia ser? Da minha mãezinha querida, idolatrada, salve, salve! Ela tinha que estragar o meu dia, logo hoje quando tudo tinha começado tão bem?

Logo cedo, mal pus os pés na escola, já dei de cara com o Rick. Lindo, cara limpa, perfumado e gostosinho. Ele me deu uma encarada daquelas, de alto a baixo, que me deixou sem respiração. Daí, no corredor, o pessoal se amontoou todo, com pressa de entrar, e nós nos esbarramos. Ombro com ombro. Ele então me encarou outra vez e pediu desculpas...

Desculpa? Sai dessa, carinha! Rebobina a fita, passa este pedaço de novo que eu amei!

Claro! Isso eu digo agora, por que na hora H eu só gaguejei alguma coisa e desviei os olhos, encabulada. Devo ter ficado roxa, por que senti o meu rosto pegando fogo. Fiz papel de boba, como sempre.

Mas, mesmo assim, eu passei a manhã inteira flutuando, levitando pela classe, entre as minhas amigas e outras nem tanto, que adorariam estar no meu lugar. Natural. Rick, aluno novo na escola, muito superior a todos aqueles meninos bobinhos que conhecemos desde quando ainda babávamos no uniforme... Rick, o sensacional.

Mas a rainha-mãe tinha que estragar tudinho, não tinha? Pois nem bem pus os pés dentro de casa, já começou a gritar. Bem que a mãe dela, minha meiga avózinha, deve ter desconfiado como seria a sua filha. Se colocou o nome de Regina já sabia que ela ia ter estes dotes de manda-chuva. Ora, Regina quer dizer rainha em latim. Minha avó acertou em cheio, pois temos uma rainha poderosa aqui em casa.

Ela hoje resolveu pegar no meu pé, só porque a Jandira faltou. Que culpa tenho eu que a Jandira amanheceu com gripe e deu o maior cano na minha mãe? Posso saber? Só porque ela estava um pouquinho atrapalhada, e eu, assim que cheguei da escola, liguei a televisão, ela já teve um ataque.

Eu queria assistir à reprise do "Família F", um programa novo é o maior barato, do tipo daquelas comédias americanas que passam em série. Só que é muito nossa e tem um jeito legal. Conta a história de uma família comum e seus problemas comuns com filhos comuns, amigos, trabalho, estas coisas. Uma comédia de situações que mostra os problemas do dia-a-dia de pobres mortais como nós. A série passa à noite, mas reprisa na hora do almoço, bem quando eu volto da aula.

É. Passa à noite, só que o meu pai, num dos seus delírios absurdos, me proibiu de assistir. Não quer que eu siga o programa enquanto as aulas não terminarem e, claro, a rainha-mãe assinou embaixo. O Tratado de Torturinhas, assinado em outubro de 1998, determina que os reis Bráulio e Regina proíbem seus súditos, ou melhor, sua súdita Márcia, a acompanhar episódio televisivo. Motivos (desenrola-se o longo pergaminho): vai passar muito tarde; a súdita não estudou; a súdita precisa levantar cedo; a súdita precisa obedecer... Pra dizer a verdade, os motivos de um tratado assinado por eles nunca importam. Cabe ao súdito acatar sem discussão. Eles sempre têm razão e se apoiam mutuamente.

Se o motivo era o horário – muito tarde para quem estuda cedo –, eu perguntei: então, à tarde eu posso? Eles disseram que é bobagem ficar seguindo, que a gente se prende igual novela e que eu vou deixar de estudar só para ver televisão. Disseram também que as minhas notas estão terríveis, quem sabe, talvez, nas férias, isso se passar de ano, eis aí um bom castigo etc. etc. etc. etc. e mais um etc., porque quando aqueles dois resolvem falar, não param.

Conclusão: o programa passou ontem, e eu perdi. Só que hoje, na escola, o pessoal não falava em outra coisa. O programa é novo, e o pessoal está superinteressado. Disseram que aquela família é o máximo, todos lindos e maravilhosos. "Maravilhosos" é pouco, porque um dos protagonistas é exatamente o Nino Melo, aquele gato de olhos verdes inesquecíveis. Quem faz o papel de irmã é aquela enxerida da Leila Dantas. Fraquinha. Bonitinha, mas trabalha muito mal, coitada. Os meninos da escola vão assistir ao programa só por causa dela. Falam que ela é o máximo. Pura produção, claro. Quilos e quilos de maquiagem, mas os homens são ingênuos. Fazer o quê? Meus dois irmãos são malucos por ela também, mas aqueles dois são burrinhos mesmo e têm um mau gosto!...

Os dois assistiram ao programa no quarto deles, e meu pai bem que sabia. Só que a vítima da realeza aqui sou eu, súdita infeliz; então falaram para eu ir deitar cedo porque tinha prova e as minhas notas... outra vez etc.

Fui. Bati o pé, ameacei ligar o aparelho escondida nas cobertas, chorei, esperneei, mas eles não deixaram. Disseram que eu não cumpro as minhas obrigações, então não sou dona de fazer o que quero. Aquela conversa sobre irresponsabilidade que torra a minha paciência. Tá certo que eu não estudo mesmo, mas o que é que tem a ver uma coisa com a outra? Nadinha.

Cheguei da escola e fui direto assistir à tal reprise. Nem quis saber de Jandira, almoço, quarto pra arrumar. Como é que eu podia saber que estava tudo por fazer, ainda? Não fui para a escola estudar como eles tanto querem? Então. Bem que eu percebi que alguma coisa estava errada. A casa estava desarrumada, estranhei a minha mãe estar fazendo o almoço, mas não desisti de assistir, mesmo tendo a orelha quente de tanto ouvir as reclamações que vinham lá da cozinha. O programa foi o maior barato, como disseram. A família é ótima. Acho que vai ser uma série muito divertida. Isto é, divertida se eu puder assistir sem que aconteça uma guerra aqui no reino.

O episódio de hoje, por coincidência, foi "A falta que ela me faz". Uma brincadeira sobre uma empregada que falta ao serviço (como a Jandira fez hoje) e deixa a família toda atrapalhada. A mãe, que se chama Francis – é Família F porque todos têm os nomes com a letra F e o sobrenome é Fontes –, acabou faltando ao trabalho só para fazer o que a empregada não fez. Como aqui em casa. Só que lá o pessoal encarou tudo na boa.

II

Logo depois que as legendas desapareceram totalmente do vídeo apresentando o programa, Fernanda, a filha, a tal da atriz que todo mundo acha ma-ra-vi-lho-sa, entrou em cena arrancando os aplausos da platéia. Por uma fração de segundos ela dirigiu o olhar ao público, sorriu agradecendo e voltou a entrar na pele de Fernanda, saltitando pelo cenário. Usava uma sainha curta que só. Por isso que os garotos gostam.

O cenário representa a sala da casa de onde a gente vê parte da cozinha, a entrada simulada de uma outra saleta, um janelão e uma varanda. Segundo os jornais, os recursos do palco serão suficientes para retratar o ambiente de uma família de classe média, "com todos os altos e baixos que essa expressão possa sugerir"– palavras deles. Representa uma casa, ou melhor, um sobrado. Uma escada leva ao segundo piso, de onde a gente pode ver uma espécie de mezanino com várias portas: dormitórios, banheiros e a suite do casal.

Fernanda cantarolava pela sala e saltitava em volta do sofá de veludo negro. Tinha deixado a mochila cair sobre uma das poltronas, demonstrando sua impaciência e euforia:

– Mãe!!! Mamãe!!! Onde está você?

Imediatamente entra em cena Francis, cheia de sorrisos de boas vindas para a filha adolescente. Francis veio da cozinha. Estava usando um avental sujo de farinha e mantinha as mãos cobertas com uma massa mole e branca para o alto, evitando tocar qualquer coisa. Assim mesmo, enfarinhada, abraçou a filha do jeito mais desengonçado e carinhoso que pôde. Risos.

– Querida! Que bom que você chegou! A mamãe está fazendo sua torta favorita!

– Torta de camarão! Uau! Que delícia! Mas por que você e não a Diva, mami? – Fernanda perguntou, curiosa.

– A Diva teve problema com os filhos e não pôde vir, minha filha – a mãe comentou, resignada.

– Que chato, mamãe. E o seu trabalho?

– Bem... ficou para mais tarde, querida. Tive que desmarcar um compromisso para preparar o almoço de vocês e arrumar a casa. Camas reviradas, banheiros molhados... Você sabe como sou caprichosa. Bem, aproveitei para preparar um prato delicioso para a minha família.

– Você é demais, mãezinha – Fernanda fala ao mesmo tempo em que lhe dá um beijo estalado na face. – Tão competente...

– Por que você chegou tão feliz do colégio, filhinha?

– Ah! Você não vai acreditar, mamãe. Lembra-se do Guido? Ele voltou a estudar no colégio e não tirou os olhos de mim a manhã inteira... Estou tão feliz! Acho que ele vai me convidar para o baile de sexta-feira, mamãe! Não é o máximo?

– Certamente, Fernanda. Que boa notícia!

As duas continuaram a falar sobre Guido e suas qualidades, até que Fernanda avisa que vai para o seu quarto.

Enquanto ela sobe a escada, pulando os degraus de dois em dois, ouve a mãe pedir, lá da cozinha, que ela telefone para o seu pai.

– Quem sabe ele não pode vir do trabalho para almoçar conosco, filhinha? Eu ficaria tão feliz!

As duas somem de cena. Logo após o comercial, entra na sala o filho, Felipe, vindo diretamente do trabalho. Felipe é estagiário de um escritório de publicidade. Está ainda cursando a faculdade, mas já começa a dar seus primeiros passos na carreira.

Lindo de morrer, usando um terno superalinhado, Felipe provoca o maior agito na platéia feminina que passa cerca de dois minutos aplaudindo-o, impedindo que ele dê início à sua fala.

Depois de uma breve piscadela para a platéia, ele pergunta quase aos berros:

– Diva.... Diva... O almoço não está pronto? Você nem colocou a mesa, ainda? Tenho que sair voando para a faculdade, Diva.

Para sua surpresa, quem sai da cozinha afoita é a sua mãe que, agora com as mãos lavadas, entra segurando toalha e pratos e corre para arrumá-los na mesa da sala.

– Mãe! Deixe que a Diva faça isso! Onde ela está? Por que o atraso? – Felipe reclama.

– Oh, meu filho. Diva não veio. Estou fazendo tudo sozinha. Logo você estará almoçando, querido. Não fique irritado.

– Já fiquei irritado, mãe. Você é muito mole com a empregada. Deixa que ela falte sempre e acabe atrapalhando todo o andamento de nossas vidas. E o seu trabalho?

– Eu dou um jeito, querido. Não se preocupe.

Nesta cena fica evidente que a mãe prefere morrer a aborrecer o filho. Ela, no início tão controlada, deixa os talheres caírem, se enrosca na toalha de mesa e deixa todo mundo dar muita risada. Só o filho não ri e também não move um dedo para ajudá-la. Na verdade, vai passando por cima das coisas que caem, mantendo a pose: nariz empinado e mãos enfiadas nos bolsos da calça. Reclama, reclama e reclama, mas ele pode. É tão lindo!

Nessa hora percebo o equívoco: esta relação está invertida. São os filhos que sentem medo dos pais. Ou não? Mas acho que é isso mesmo que eles querem mostrar. Que devia ser diferente. O poder jovem. A força. Ah! Como seria bom se este esquema funcionasse aqui em casa e a rainha se atrapalhasse toda com medo de nos aborrecer.

Mas, continuando, Fernanda volta a entrar em cena, agora com os cabelos presos num rabo de cavalo, usando shorts azuis, uma miniblusa branca e tênis. Os meninos deliram. Mais uma vez a platéia vem abaixo e muitos assobios são ouvidos. Fernanda espera que o barulho diminua para então falar:

– Calma, Felipe. Que modos são esses com a nossa mãe? Não vê que ela faz o que pode? Mais do que pode, até?

Felipe, emburrado, afrouxa o nó da gravata, serve-se de um copo de água que está sobre a mesa e não diz nada.

A mãe corre da cozinha para a sala, da sala para a cozinha, levando pratos e travessas de um lado para o outro para não atrasar o filho, deixando todo mundo rir muito. Eu me divirto. Legal.

Instalados na mesa, a mãe se lembra de perguntar sobre o pai.

– Afinal, o que disse seu pai. Ele virá?

Como resposta, abre-se a porta da sala e o ator que representa o Sr. Fábio Fontes, entra em cena, causando novo alvoroço.

Ele entra sorridente, beija toda a família ao redor da mesa e junta-se a eles, dizendo:

– Imagine só perder um almoço de minha esposa! Vim assim que pude. Tenho poucos minutos, mas vale a pena a corrida.

Francis sorri feliz, repetindo que sua família merece todo e qualquer esforço seu. Fernanda conta ao pai sobre a volta de Guido à escola. O pai deixa evidente sua aprovação ao rapaz. Felipe fala sobre o seu trabalho e, ao comentar sobre a tolerância de sua mãe com relação à empregada, ouve um discurso do pai sobre a necessidade de compreensão entre os seres humanos.

E o programa vai por essa linha até o fim. Fim do episódio da ficção e início do meu, pois a rainha-mãe, está aos berros:

III

– SERÁ POSSÍVEL QUE EU ESTOU FALANDO GREGO? DÁ PARA DESLIGAR ESSA TELEVISÃO E ME AJUDAR, MÁRCIA?

– Calma, mamãe. Já estou indo. Já desliguei a TV muito antes de você pedir.

– Muito antes coisa nenhuma, que eu estou ouvindo tudo daqui e já pedi ajuda mil vezes. Na verdade, nem precisava pedir. Qualquer um vê que não posso dar conta disso tudo.

– Ninguém mandou dar folga para a Jandira, mãe. Eu é que não tenho culpa.

– Não dei folga nenhuma, Márcia. Ela faltou. Dá para perceber a diferença? Está doente. E doente vou ficar eu também se não der conta deste almoço depressa. Tenho uma reunião às 15:00 horas. Quero só ver se dá tempo!

– Por que não comprou almoço pronto, mãe?

– Porque dinheiro não é capim, Márcia. Vá arrumando a mesa que eu vou escorrer este macarrão.

– Macarrão e...

– Macarrão e mais nada – protestou Regina. – Só me faltava mais essa! Ouvir reclamação pelo cardápio.

– É que você sabe que eu não gosto de espaguete, mãe. Parece que faz de propósito.

A rainha me dirigiu um olhar fulminante; então, sem mais comentários, acabei de arrumar a mesa e fui atender o telefone. Da sala, gritei:

— Mãe! É o Mateus avisando que está vindo almoçar com um colega da classe. Eles estão vindo fazer trabalho em casa.

— Ai, filha. Hoje não. Avisa seu irmão...

— Ele já desligou — falei, já entrando na cozinha. — Ele não ligou para pedir sua licença, mãe. Ele ligou para avisar o que já está decidido. Você não conhece seu filho?

— E agora? Só macarrão...

— Ah! Muito bonito, dona Regina! Agora ficou preocupada com o cardápio. Quer dizer que um estranho não pode comer só macarrão. Eu posso?

— Visita, né, filha...

— Visita coisa nenhuma. Você convidou? Isso é folga do Mateus, que nem sabe o que está acontecendo aqui em casa. As camas nem foram arrumadas ainda. Pensa que eu não vi?

— Se viu por que não arrumou? Pensa que eu sou dez? — minha mãe protestou.

— Ah, mãe... Arrumar a cama de todo mundo? O máximo que eu vou fazer é fechar as portas para ninguém ver a baderna. Também tenho mais o que fazer na vida. Cheguei do colégio cansada e também aborrecida.

– Aborrecida?

– É... aconteceram umas coisas chatas. – menti, pois na verdade eu tinha chegado era muito feliz, por causa do Rick. Teria até pique para ajudá-la, se quisesse, é claro.

– E por isso você foi ver televisão, apesar do caos e da minha correria. Isso é que é filha!

– Pelo menos eu não trouxe ninguém para o almoço. E só assisti à reprise do Família F porque ontem vocês não deixaram. Só porque atrasou um pouquinho...

– Atrasou uma hora, Márcia. Uma hora não é um pouquinho.

– Por isso eu quis assistir agora, mãe. Tá todo mundo comentando... Só eu vou ficar de fora?

– E aí? Gostou? Valeu a pena me deixar correndo sozinha?

– Claro!

– Claro? Ainda tem coragem de admitir?

– É que foi divertido. Sabe que, por coincidência, a empregada deles faltou também?

– É? E o que fez a família, suicidou-se? – minha mãe falou, irônica, enquanto abria algumas latas de conserva para aumentar o almoço.

– Não. Saboreou unida uma torta de camarão que a Francis fez **de improviso.**

– Ah-ah-ah! Essa é muito boa. Ela fez uma torta de camarão de improviso no dia em que a empregada faltou? Tá bom. Eu vou fingir que acredito.

– É. E tem mais. Todo mundo almoçou na boa. Até o pai largou o serviço para saborear a torta.

– Era só o que me faltava, o seu pai aparecer também.

– Que falta de romantismo, mãe! Foi a Francis mesmo que convidou o marido. Você devia fazer o mesmo.

– É bem capaz que o seu pai largue o que está fazendo para vir comer macarrão – minha mãe falou.

– E se fosse uma torta de camarão?

– Ele ia pensar que eu estava com febre e mandaria uma ambulância para cá. Agora, largar o serviço... você não conhece seu pai?

– É verdade, mãe... Papai jamais faria isso... Mas sabe que teve outra coincidência?

– Qual? Faltou comida para todos? Pois acho que é isso que vai acontecer aqui.

– Não, mãe. O cara que a Fernanda gosta deu a maior bola para ela na escola. Fernanda é a filha, mais ou menos da minha idade.

– E com quem foi a tal coincidência, filha? – a minha mãezinha perguntou.

– Ora! Comigo, mãe. O Rick hoje me encarou o tempo todo. Eu fiquei superfeliz.

– Você disse que chegou aborrecida.

Eu tinha acabado de entrar em contradição, por isso fingi estar compenetrada escolhendo os talheres e ignorei o comentário.

– Rick... Rick... Eu quero ver as suas notas, Márcia. Você está muito encantada com esse tal Rick, com o programa novo.... Quero só ver aonde isso vai dar. Você sabe o que o seu pai já prometeu.

Claro que eu sei: meu pai prometeu me mudar de colégio (para um outro infinitamente pior, naturalmente), me arrumar um emprego e outras mil torturas. Só que, felizmente, na hora em que a minha mãe falou isso, eu ouvi um barulho na porta e corri para ver quem era. Só para deixar a minha mãe ainda mais furiosa, inventei:

– Mãe! É o Mário. E ele trouxe a namorada, a Luciana e o Ivan para almoçarem também. Será que o seu macarrão vai dar para todos nós?

Mas, diante do olhar incrédulo da rainha Regina e da parada que ela deu no meio da cozinha, assim meio com a boca aberta e a colher apontada para o teto, numa cena congelada de filme de terror, eu fui logo consertando:

– Brincadeirinha, mãe, brincadeirinha... Seu filho chegou sozinho e **adora** macarrão. Não vá ter um enfarte só por causa disso.

IV

Bem, não preciso dizer que naquela mesma noite tivemos que suportar o rosário de lamentações da mamãe só por causa da falta da Jandira. Felizmente, ela tinha conseguido chegar a tempo para a tal da reunião no serviço mas, preocupada com o jantar, acabou voltando para casa mais cedo, deixando mil pendências para o dia seguinte.

Imagine. Ficou louquinha de pedra. Reclamou o tempo todo. Da falta de responsabilidade da Jandira, do azar que ela tem, da minha falta de consideração, do Mateus que levou amigo sem avisar, do Mário que reclamou que o macarrão estava duro, e dá-lhe paciência. Meu pai, solidário como sempre, fez um sermão interminável durante o jantar. Quando ouviu falar do Rick, então, sobrou para mim:

– Hora de estudar, mocinha – ele falou, zangado, – quase final de ano e a senhora só pensa em televisão, amigas e namoricos. – Hora de estudar...

Estudar, estudar, estudar. Não existe outra coisa para essa turma? Será possível que tudo o que um ser humano da minha idade tem que fazer é estudar? Que droga!

Meus irmãos, desta vez, ficaram bem calados e nem deram os palpites atravessados que adoram dar quando me vêem em fria. Sei bem por quê. O Mário tinha trazido uma advertência da escola e estava louco para falsificar a assinatura dos meus pais, pelo menos de um deles. O Mateus estava ainda meio enguiçado, porque não avisou que traria o amigo. Uma coisa que, em outro dia, não causaria o menor problema.

Já que estávamos todos na berlinda, resolvemos ir para o quarto. Meus irmãos, muito espertos, me enfiaram no quarto deles. Era um convite para assistirmos a Família F juntos. Estranhei. Geralmente não querem que eu pise naquele solo sagrado. Depois entendi: caligrafia feminina. A assinatura da mamãe é a maior moleza de se copiar. Reclamei, ameacei contar tudo, fiz chantagem, venci. Mateus teve que pagar pela assinatura, que ficou perfeita. Quer dizer, vai pagar em duas parcelas. Recebi a primeira. Negócio fechado, resolvemos ligar a TV e assistir ao programa que diz retratar uma família como a nossa. Como a nossa? Onde? Cadê? Quando? Família como a nossa não existe!

V

A seqüência do programa tinha o nome de "Onde Diva se enfiou?" A dona de casa, Francis, entra em cena toda elegante, vestindo um conjunto clássico de saia e casaco azul-marinho. Está voltando do trabalho que conseguiu realizar à tarde, depois da manhã atribulada, da torta de camarão, da louça na máquina de lavar que enguiçou e molhou a cozinha inteira.

Francis voltava para casa cheia de energia e cantarolava:

– Que bela é a minha vida... Que bela ela é...

Ia nesta cena um certo exagero, convenhamos.

De repente, depois de deixar os aplausos da platéia acalmarem, começa a dizer o seu texto, como se estivesse pensando em voz alta.

– Será que ainda ninguém voltou? Nem mesmo a Fernandinha que ia apenas fazer um trabalho da escola? Bem... Não faz mal. Vou aproveitar estes minutos de paz para descansar.

Nem bem Francis terminou a frase, tocou a campainha. Era o porteiro do prédio avisando que ela esquecera o farol ligado na garagem e se oferecendo para apagar.

– Oh! Quanta gentileza, seu Antenor – ela disse, enquanto lhe entregava a chave do carro.

Nessa hora, o Mateus já torceu o nariz, dizendo: " É novela, mesmo. Se fosse real, no máximo o porteiro avisaria pelo interfone, mas não ia se deslocar até o apartamento e muito menos apagar o farol para ela".

– Vai ver até que iria – eu me intrometi. – Você é que não confia nas pessoas.

Mário concordou comigo e disse que o Mateus é o cara mais rabugento que conhece. Antes que começasse uma discussão, pedi para os dois ficarem bem quietos. Eu queria só saber o que a mãe ia fazer de janta. Macarrão é que não faria. Mas, como na ficção tudo acontece, entrou o Fábio Fontes em cena levando um jantar maravilhoso para a sua família. Tudo para poupar a esposa. Não é emocionante? Era bom mesmo que a minha mãe ainda estivesse na cozinha e não visse aquela cena, senão meu pai estaria frito. Ele não tinha cogitado nem mesmo em comprar um frango assado!

Na cena seguinte, toca o telefone e todos correm para atender ao mesmo tempo. Só que descobrem que é o celular da Francis que está tocando, perdido dentro de uma bolsa enorme, cheia de zíperes e fivelas. A platéia se diverte com a ginástica que Francis precisa fazer para encontrar o celular dentro da bolsa.

Nessa hora, até o Mateus que nunca acha graça em coisa alguma, esboçou um sorrisinho. Esse cara é difícil de agradar!

Em seguida, ouve-se um barulho na porta, e entra Felipe, visivelmente mau humorado. Lembrando-se da ausência da empregada, começa a procurar pretextos para demiti-la. Passa a mão pelos móveis à procura de poeira, balança almofadas do sofá, fica indignado ao encontrar uma revista sobre a mesa e, o tempo todo, reclama em voz alta.

Até que surge novamente Francis, já sem o seu conjunto sóbrio, usando uma calça jeans e camiseta.

– E a Diva? Acabou não vindo hoje o dia inteiro? – Felipe fala, num tom arrogante. – A casa está toda virada...

– Filho – Francis diz na maior calma –, foi só hoje. Amanhã tudo estará como você gosta. Não se irrite por tão pouco.

– Não acho pouco. Não gosto de ver você na cozinha fazendo o serviço da casa. Não estou acostumado.

– Você está preocupado com a sua mãe? Que filho encantador que eu tenho.

Francis se ilude, mas Fernanda entra em cena e desmascara o irmão. Bem que a gente estava achando esse tal Felipe careta demais.

– Mãe... sai dessa! Não vê que ele está te embromando? Tudo o que ele quer é que você passe a calça de linho dele. Ele tem uma festa para ir, por isso está tão preocupado com a Diva. Você nem desconfiou?

– Calça de linho? – Francis arregala os olhos. – Mas a essa hora, filho? Não pode ser amanhã?

Não podia. Santa Francis não perde a pose nem se descabela. Corre a atender o pedido do filho e logo aparece subindo as escadas, segurando o cabide com a calça impecável. Bate na porta do quarto.

– Filhinho.... Filhinho!

Diante desta cena, Mateus dá um pulo e protesta:

– Essa mãe não existe! Você já viu mãe que bate na porta do quarto do filho?

– Ou sorri quando descobre que tem que passar uma calça de linho às onze horas da noite? – eu emendei.

– Este programa está muito chato. – O Mateus reclamou. – Não tem nada a ver. Tema mais besta. O que me interessa se a empregada faltou ou não na casa deles?

Discordei. O tema era fraquinho, mas era uma comédia. Uma sátira, como Mário definiu depois, me apoiando.

Em seguida houve uma seqüência de cenas mostrando a família toda atrapalhada, um querendo ser mais útil que o outro. Claro, toda aquela boa vontade dos personagens só podia ser pretexto para divertir. Tínhamos de pôr na cabeça que era um seriado divertido e nada mais. Mas que os contrastes chegavam a nos irritar, isso era verdade. O fato é que dali em diante, só saiu bobagem e a gente acabou se divertindo mesmo. Até o Mateus, todo certinho e crítico, aderiu às nossas gargalhadas. Era tudo uma grande comédia.

Enquanto isso, na minha casa, a ausência de empregada não tinha nada de comédia. Fomos todos convocados para ajudar na cozinha. O Mateus enrolou, enrolou e não foi. Inventou que tinha lição para fazer. O Mário foi, recolheu um prato da mesa e lembrou que estava com dor de barriga. Era urgente, urgentíssimo. Sumiu levando uma revista para dentro do banheiro. Meu pai ficou às voltas com o noticiário da televisão. Iam dar um furo de reportagem imperdível. Sobrou para quem? Para as duas bobas da casa, claro.

Nessa hora, fiquei do lado da rainha. Ela desfiou um rosário de reclamações, e eu assinei embaixo. Esse negócio de dividir espaço com o chamado sexo forte é uma embromação. Forte coisa nenhuma. São uns fracotes que não sabem enfrentar uma crise doméstica. Se nós duas não existíssemos, eles declarariam estado de sítio ou calamidade pública.

Por pura sorte, ainda vi o final do programa. Estavam todos abraçados, morrendo de rir com as confusões que a falta da tal Diva tinha provocado. Eles pareciam tão superiores, uma raça tão maravilhosa, que conseguiram transformar um dia caótico em algo especial. Confesso que fiquei com uma ponta de inveja. Apesar do Mateus criticar tudo aquilo como sendo impossível, eu fiquei me perguntando, impossível por quê? Por que não dá para uma família ser amiga, unida, equilibrada e feliz? Por que qualquer coisa que saia do trilho já é suficiente para todo mundo ficar adoidado? Bastava olhar em volta para ver o estrago que a falta de Jandira provocara em casa, mas não era o fim do mundo. Ou era? Estavam todos emburrados, querendo, no mínimo, estrangular o próximo. E numa família, o próximo mais próximo é sempre alguém muito querido. Ou não?

VI

O Mateus hoje veio até o meu quarto desabafar comigo. Estava zangado. Tinha acabado de brigar com a rainha. Outra vez. É ele quem mais discute com ela. O Mário é safado, reclama com a gente, mas na frente dela faz cara de filhinho querido. Ela cai. Eu brigo sempre, reclamo muito, mas não assusto. Não sei se sou considerada ignorante, criança ou retardada. O fato é que o que eu digo aqui em casa não tem peso, não tem força, não impõe o menor respeito. Às vezes, o meu pai me dá uma atençãozinha, mas é mais por causa daquele chamego que os pais têm com as filhas. Pudera, no meio de tanto marmanjo! No fundo, ele me acha uma sonsinha de cabeça oca. Faz bilu-bilu, mas ignora o que eu falo, o que eu penso, o que eu quero. Sou manipulada por todos. A palavra é essa: manipulada. Que horrível!

Mas a bronca do Mateus com a mamãe é antiga demais. A velha história de bater na porta do quarto antes de entrar. Ela não aprende. Primeiro que o pobre do meu irmão tem que dividir o quarto com o Marinho. Já é dose! Neste ponto, e só neste ponto, saí ganhando aqui em casa. Peguei o menor quarto, é verdade. Menor é força de expressão. O quarto é minúsculo. Tem uma porta e uma janela. Só. E alguns centímetros de parede. Deu para colocar uma cama e uma escrivaninha bem "inha". É uma "escrivaninhainha", de tão pequena. Abriu o caderno, pronto, acabou o espaço. Uma portinhola é o armário embutido. Poster na parede? Nem pensar. Não cabe. Tem só um atrás da porta, de um cantor de *rock* lindo, maravilhoso. Meu ator de cinema favorito está enrolado dentro do armário. Talvez saia agora, nas férias. Não dá para estudar com aquele carinha me olhando. Enrolei ele. Só sai do armário nas férias para não piorar a minha concentração, que já é quase zero. Fica para substituir o outro lindinho, que pelo menos está olhando para o céu e não no fundo do meu olho. Eu queria porque queria fazer um mural, mas para pregar onde? Tem que ser um micro mural para um micro quarto para uma micro filha que tem um micro cérebro. Acho que é assim que eles pensam. Quarto maior para quê, se tudo em mim é tão insignificante?

Mas o Mateus, apesar de estar no quarto maior do apartamento, tem que dividir tudinho com o Mário. Televisão, escrivaninha, cadeira. Cama, claro, tem duas. Mas o resto é dividido na base do revezamento. Você estuda duas horas e eu mais outras duas. Até que para estudar não dá enguiço, porque o Marinho não estuda quase nada. Mas dá briga toda hora. Um quer silêncio, o outro barulho. Um quer luz acesa, o outro apagada. Um quer ordem, o outro bagunça. O Mateus, todo certinho, dobra a roupa e guarda. O Marinho vai tirando tudo e largando no chão. Não dá certo, mesmo.

Fora isso, quando o Mateus consegue ficar em paz porque o Marinho saiu, ele fecha a porta, cuja chave desapareceu, e fica lá meditando, pensando, estudando ou coçando, o que importa? A vida não é dele? A coceira também não? Mas aí, inesperadamente, a porta faz Bruuuum! e é escancarada. Adivinha quem, senão mamãe?

Então ele veio contando a briga. Disse que pulou da cama e falou, cheio de raiva:

– MÃE! QUE DROGA! JÁ NÃO FALEI PARA BATER NA PORTA ANTES DE ENTRAR?

– Eu bati... – ela falou com uma voz bem fraca e cara de culpa.

– Bateu? Ainda tem coragem de dizer que bateu?

– Bati...

– Bateu e já foi entrando, mãe. Não viu o tamanho do cartaz? – ele falou, apontando o enorme cartaz pendurado na porta:

FAVOR BATER !

– Foi sem querer, Mateus. Eu ia passando e...

– Não tem desculpa, mãe. Você não quer que eu vá entrando assim no seu quarto, quer?

– Ora, filho! Isto é completamente diferente.

– Diferente por quê? Por que no seu quarto eu não posso entrar e você pode invadir o meu a hora que bem entender?

– É diferente... – ela simplesmente repetiu, sem explicar.

– Explique a diferença que eu não estou vendo – Mateus pediu, sentando-se na cama como a esperar uma longa explanação.

– Ora, filho, eu sou sua mãe.

– E eu sou seu filho. Pronto, empatamos. Agora arrume outra desculpa.

– Filho. Eu sou sua mãe... O que pode haver na sua vida que eu não possa saber?

— Posso fazer a mesma pergunta invertida — ele respondeu. — Este argumento também não vale.

— Filho! Eu cuidei de você desde pequeno, já vi você sem roupa milhares de vezes...

— Nada a ver, mãe!

— Como! Nada a ver! Você é meu filho. Não existe nada da sua vida que eu não saiba. Não vai ser uma porta...

Meu irmão disse que nessa hora não agüentou, levantou-se da cama, impaciente, estendendo o braço, pedindo para que ela parasse de falar.

— Você está me escondendo alguma coisa, por acaso, filho? — minha mãe já assumiu aquele seu arzinho de vítima ingênua que ela sabe usar tão bem.

— Não.

— Você não quer que eu saiba durante quantas horas estuda. É isso?

— Não.

— Então o que é?

— Explique você primeiro. Por que **eu** não posso entrar no seu quarto, mãe?

— Ora, filho. É uma questão de privacidade. Eu sou sua mãe...

– Privacidade.

– Claro!

– E privacidade por acaso é direito só de alguns? Eu não posso ter a minha?

– Ora, Mateus, deixe de bobagem. Você está criando caso à toa. Tem o seu quarto, a sua televisão, o seu espaço... O que quer mais?

– A minha porta... Que, por sinal, tenho que dividir com o Mário junto com tudo isso que você falou.

– Bem, filho, quanto a isso não posso fazer nada. Você sabe que não temos espaço... – minha mãe tentou desviar o assunto para outra reclamação.

– Não estamos discutindo isso, mãe. Só que quero dividir com meu irmão um quarto que tenha uma porta que fique fechada. Tudo bem para você?

– Mas...

– Sem mas. Simplesmente, fechada. Dá para sacar?

– Para fazer o quê? – ela parecia zangar-se.

– Para fazer nada.

– Então por que tem que ficar fechada? Você só pode estar escondendo alguma coisa. Ou você ou seu irmão.

– Não estou escondendo nada, mãe. Muito menos o Mário, que nem está aqui para se defender. E você sabe muito bem. Só não quero ficar exposto a todo momento. Quero andar pelado pelo quarto, quero me coçar, quero gritar, assoar o nariz fazendo barulho, fazer outros barulhos... Sei lá... Para fazer o que me der na cabeça... Será que estou pedindo muito? A hora que eu quiser, abro a porta. A hora que eu não quiser que ela fique aberta, simplesmente fecho a porta. É tão complicado assim?

– Complicado não é. Só acho estranho, muito estranho... – minha mãe foi saindo do quarto com ares de ofendida.

– Ei, mãe. Sem chantagem. Você sabe que eu não estou pedindo nada demais. Esse nosso papo é velho. Tão velho que a gente já colocou o cartaz pedindo para bater na porta.

– E eu bati.

– Não ouvi, mãe. E quando você bate, já vai entrando sem esperar. Aí também não vale.

– O que eu tenho que fazer, então? Marcar uma audiência?

– Só bater e esperar alguém dizer que você pode entrar. Qualquer dia você vai acabar vendo o que não quer.

– E eu não estou dizendo que vocês estão fazendo coisa errada? Se eu não posso ver... – minha mãe deu, como sempre, a última palavra, deturpou tudinho e saiu.

Assim que ela saiu, meu irmão pegou uma caneta vermelha e escreveu no cartaz que tinha na porta:

FAVOR BATER!
e esperar que alguém atenda!!!

Daí, foi para o meu quarto, inconformado.

– Que coisa errada é essa que ela tanto fala? O quarto não é nosso? Podemos fazer lá o que quisermos. Não vamos por fogo no apartamento!

– Acho que para mamãe coisa errada é você fingir que estuda enquanto vê revista de mulher pelada, assiste filmes pornôs, fica pendurado no telefone... Todas as coisas que caras da sua idade costumam fazer.

– Errado então é para ela. Para mim está tudo muito certo. Certíssimo!

– É. Eu sei, Mateus. Mas ela faz isso comigo também. Pensa que ela bate para entrar aqui?

– O que mais me irrita é essa mania de fazer uma lei valer só para um dos lados. Eles podem tudo. Podem entrar sem bater, dar ordens sem explicar, podem chegar do trabalho de cara feia, explodir, reclamar...

– Isso é coisa da mamãe. O papai quase nem pára aqui em casa...

– Mas defende tudo o que ela quer. Defende ou obedece, sei lá. Acho que para não ter que discutir o tempo inteiro, acaba acatando. Que casa mais enrolada, estou para ver outra igual!

Meu irmão ia saindo do quarto, mas eu continuei:

– Deve ser tudo igual, você não acha, pelos papos com a turma? Sempre tem um pai mais tolerante, uma mãe mais exigente, ou o contrário. Sempre tem atrito.

Se não for por causa de uma porta, eles inventam outra coisa.

– É. Só que dizem que nós é que inventamos. Para eles, nós estamos sempre questionando, revolucionando. Você pode ter certeza que ela vai contar esta história para o papai da maneira dela. Toda alterada. Pode esperar para ver!

Claro que ia. Esse é o maior talento da minha mãe. Inverter tudo, deturpar tudo, atrapalhar a ordem dos fatos, confundir. Ela faz qualquer arranjo para que a história fique com a cara que ela quer. Na certa, contaria para o meu pai tudo pelas avessas. Mas não é só ela que faz isso. Isso é coisa de adulto. Eles têm o maior talento para distorcer tudo que a gente diz! Minhas amigas comentam, meus amigos contam. Seus pais são iguaizinhos sem tirar nem pôr. Coisas que a gente diz com a melhor das intenções vira algo condenável.

Querer a porta do quarto fechada é contravenção. Na certa, estamos tramando contra o mundo. Querer ir a uma festa é delinqüência. Querer voltar um pouquinho mais tarde, é irresponsabilidade. Com o namorado ou com a namorada, então? É sacanagem!

É tudo assim. Por mais que a gente se explique, se desespere, eles estão com os rótulos prontos e vão colando na testa da gente: transviada, delinqüente, desequilibrada, incompetente... Segundo eles, fazemos parte de uma geração sem conserto.

Na televisão, os caras criam uns tipos legais. Douram a pílula, não é assim que se diz? Pegam um adulto atrapalhado e dizem que ele é divertido. Pegam um adulto rabugento e dizem que ele é cômico. Não seriam nem uma coisa nem outra se estivessem, ao vivo e em cores, dentro da nossa vida, da nossa casa ou do nosso quarto.

Comigo vai ser diferente. Vou ficar adulta, sim, porque não tenho outra saída. É isso ou morrer, e morrer eu não quero. Mas vou ficar sempre assim do jeito que eu sou. Contente, confiante, sentindo alegria de viver. Não quero ficar como certos adultos que eu conheço. Duros e sérios. Quero ser um desses que aparecem na televisão. São mais interessantes.

Por falar em como eles são duros, vou ter que enfrentar uma dureza hoje. Tenho que pedir para o meu pai deixar eu ir à festa da Colina. Estou enrolando há uma semana. Falta coragem, falta oportunidade, falta tudo. De hoje não pode passar, porque a festa é no sábado. Quem sabe se o Mateus for, ou o Marinho, eu não tenha mais sorte. Que sorte, que nada. Para meu desespero, neste mesmo sábado, eles têm a festa da academia e não vão querer perder isso por nada. Academia deles, colegas deles, entrega de prêmios, tudo que eles mais gostam. Se o meu pai não deixar, o que vou fazer? O Rick já disse que não faltará por nada. Depois das olhadas que ele está me dando, será que vou perder a grande chance da minha vida?

VII

O prédio já estava todo iluminado quando eu desci. Era noite. Noite de uma sexta-feira quente, abafada e úmida. A maioria dos moradores já tinha retornado do trabalho. O portão eletrônico era acionado a todo instante, controlando a entrada dos carros na garagem. Abre, fecha. Abre, fecha. Waldo, o porteiro, conhece bem a rotina. É o mesmo processo das manhãs. Um abrir e fechar constante até que a garagem fique quase vazia ou lotada, depende se é hora de ir ou vir. Waldo sabe praticamente os horários de saída e chegada de todos os moradores. Claro que tem atrasos. Perde-se a hora pela manhã, marcam-se reuniões de última hora, à noite. Um chope com os colegas nas sextas-feiras. Era uma sexta-feira, estava quente e abafado e eu ali, sozinha, estatelada no sofá da entrada do prédio, olhando para o Waldo...

Vi quando ele saiu da guarita e circundou o jardim. Acho que quis esticar as pernas, movimentar o corpo, sair do isolamento. Tudo estava quieto e vazio. As famílias deviam estar jantando ou preparando-se para sair. Era comum às sextas... Pizzarias, churrascarias... E Waldo ali, sempre abandonado. Eu me sentia igual, largada ao meu triste destino. Nenhum dos meus amigos tinha aparecido por ali, ainda. Eu sabia como eram todas as sextas-feiras. Ou saíamos em bandos para festas alucinadas, ou ficávamos no *hall* conversando até a madrugada. Tudo previsível. Tudo sempre igual.

Deixei de prestar atenção em Waldo e me encarei no espelho. Estava séria, com os olhos vermelhos, sentada no sofá de couro, vestindo minha jardineira *jeans*, e uma camiseta listrada que me dão um ar de moleque, fazendo contraste com a mobília sóbria.

Waldo já devia estar se preparando para as confusões das sextas-feiras. Minha presença ali devia preocupá-lo muito. Era um sinal de que eu não tinha uma festa para ir e, sendo assim, outros poderiam estar sem programa e descer. Ele já devia estar imaginando o tumulto, as conversas e brincadeiras até a madrugada. Como todo bom adulto, já devia estar se preparando para nos dar mil broncas e ensaiando as mil desculpas que teria de dar aos moradores quando começassem os telefonemas reclamando do nosso barulho.

Waldo, novamente dentro da guarita, devia estar me observando pelo circuito interno de TV que mostra todos os cantos do prédio. Dava para imaginar. No canto do vídeo, estava eu. Pensei em acenar para ele dando-lhe um susto, mas fiquei apenas balançando o pé, impacientemente. Eu estava brava. Waldo devia estar pensando que eu era apenas uma desocupada jogando um tempo precioso fora, nada de problemas. Como se ele, adulto, pudesse entender.

"Estas crianças não podem ter problemas. Ninguém neste prédio deve nem mesmo saber o que é ter problema...", ele devia estar pensando, enquanto sintonizava a televisão portátil para viver um pouco de emoção através de mais uma novela.

A minha vida daria uma novela. Só que não daria ibope por ser um drama. Não tem humor, surpresas, aventuras, emoções, personagens incríveis. É um drama monótono demais para que alguém se interesse. "Jamais ficarei rica contando o drama da minha vida", foi o que me veio na cabeça enquanto olhava a minha perna cruzada balançando para frente e para trás.

Minha vontade era de chutar a mesa, as paredes, a porta de vidro... Minha raiva era enorme, mal cabia dentro do peito. Vontade de esganar alguém, socar alguém, abrir o cérebro e enfiar uma porção de idéias novas, frescas, inovadoras. Tirar a poeira, ventilar, escancarar os miolos...

Só de pensar na discussão que acabara de ter com o meu pai, soltei um gemido. Tinha deixado o meu prato inacabado sobre a mesa, jogado o guardanapo na pia, batido o pé, batido a porta e saído de cena.

"Não vai e pronto!", ele me disse. "Assunto encerrado".

Como encerrado, se eu não tinha nem mesmo começado a falar? "Não vai e pronto"! A frase infeliz de sempre.

– OI, SURDA!

Dei um pulo no sofá com o grito de Wanderléa.

– Puxa, Márcia! Eu já chamei você umas cinco vezes! – ela exclamou. – O que é? Tá viajando?

– Não amola, Léa.

– Nossa! Que humor! Posso saber o que foi que eu fiz, se é que fiz alguma coisa?

– Não foi você. Foi aquele chato do meu pai – avisei. – Se você soubesse como eu odeio meu pai...

– Nossa! O que aconteceu?

– O de sempre. O que haveria de ser? Ele não quer me deixar ir à festa da Colina...

– Que chato! Por quê?

– Porque não.

– Como assim?

– Não tem assim, Léa. Com meu pai é porque não e ponto final. Não tem argumento: é não. Não tem desculpa: é não. Está com sono: é não. É sempre assim. Eu que perca a minha juventude, a minha vida... que ódio!

– Que pena. A festa vai ser super! Todo mundo vai...

– Todo mundo quem? – perguntei, pra lá de ansiosa.

– Ah! Não sei... todo mundo, ora. Por que alguém faltaria?

– Sei lá. Se ao menos eu tivesse um motivo que fosse justo. Mas com meu pai não tem isso, não. Justiça, coerência... ele lá sabe o que é isso?

– Calminha, Márcia. Eu vou ligar para o pessoal descer. Logo a gente fica sabendo quem vai e se eles topam dar um toque no seu velho.

– Pode esquecer. Com aquele lá não tem toque que dê jeito. Eu dancei mesmo.

Em poucos minutos a entrada do prédio ficou agitada. Tinham descido a Luciana e o meu irmão, Mário. De fora, tinham chegado o Ivan, a Nara e o Rick.. Waldo só observava. Ele que não inventasse moda, porque estávamos todos quietos e aborrecidos. Nada de risadas altas, nada de empurrões, música ou algazarra. Nada de programa também, ao que tudo indicava. Eram quase dez horas da noite. A esta altura, em noite de festa, o pessoal já estaria se produzindo todo. E era exatamente sobre isso que Rick reclamava:

— Gente, que pobreza! Plena sexta-feira e nós aqui de bobeira!

— Por que não vamos ao aniversário do Caco? — Ivan sugeriu. — É festa careta, mas melhor do que nada.

— Puxa! Que comentário simpático — protestou Luciana. — Coitado do menino. De repente a festa vai ser legal...

— Por que você não vai, então? — Rick provocou.

— Bem... Ah...

Sem argumentos, porque a festa devia ser careta mesmo, Luciana fez todo mundo dar risada. Só eu fiquei ali, muda e calada.

— Ai, Márcia... — Luciana, reclamou — também não precisa ficar com esta cara. Até amanhã o seu pai muda de idéia.

— Sei...

— Sabe que eu até estranhei o meu pai? — Luciana confessou. - Ele perguntou uma porção de coisas, quis saber tantos detalhes que eu até gelei. No fim, deixou.

— Sorte a sua. — eu falei, morrendo de inveja.

— Sim, sorte, mas dá para entender? A semana passada ele invocou com a festa da escola. E agora, nesta balada ele deixa. Dá pra sacar qual é a dele?

– Contraditórios – disse o Mário. – Nem eles sabem o que devem ou não deixar fazer.

– Pois o meu pai manda eu perguntar para a minha mãe – contou Wanderléa.

– E como tua mãe é mais mole, acaba sempre deixando... – considerou Rick.

– É, mais mole – Léa confirmou. – Mas antes ele já fala que é para ela não deixar. É jogada só para eu ficar com raiva dela e não dele.

– Quer dizer que você também não vai? – eu perguntei.

– Ela disse que vai pensar – a Léa avisou. – Traduzindo: **meu pai** vai pensar... Na verdade, quem decide é ele. Ela é só fachada.

– Muito esperto seu pai ficar jogando a bomba nas costas da sua mãe – comentei. – Isso o meu não faz. Ele assume que não quer e pronto. Mas, no fundo, acho que quem decide lá em casa é a rainha Regina.

– Pega leve, Márcia. – Meu irmão reclamou. – Não fica falando da mãe desse jeito.

– Rainha? – Luciana já estava pronta pra debochar do apelido, mas eu pedi para ela parar, porque ia acabar sobrando pra mim. O Mário reclama comigo e com o Mateus, mas nunca reclama dos meus pais fora de casa ou deixa alguém falar mal deles. Estilos. Cada filho tem o seu.

— Lá em casa, quando meu pai diz não, a raiva vai só para ele... o Ivan contou, mas consertou depressa. — Bem... E um pouco para a minha mãe, que nunca reage.

— É. Tem mãe que é madrasta — comentei, mas logo me arrependi, porque a Luciana tem uma madrasta nota dez e não deixa ninguém falar mal dela. Questão de sorte. Eu deveria ter dito: tem madrasta que é mãe.

— Minha madrasta é a que menos atrapalha minha vida. É cabeça aberta, até acaba me ajudando. — A Luciana logo corrigiu, como eu esperava.

— O que sei é que quando a gente sente raiva, tem pra todos. Pai, mãe, madrasta, avó... — Ivan falou e limpou a minha barra.

— É... Se estivéssemos no lugar deles, faríamos tudo diferente — Wanderléa comentou — Aliás, eu quero ser diferente deles dois: pai e mãe. Com-ple-ta-men-te diferente.

— Novidade... Quem não quer? — falei com um tom de ironia.

— Pois meu pai diz que vamos acabar iguaizinhos a eles. — Rick ensinou, e eu logo imaginei o estrago. O Rick é tão bonitinho e o pai, tão feio!

— Tem coisa mais doida do que pai e mãe? — Mário perguntou.

— Bem, lá em casa, minha mãe tem que resolver praticamente sozinha — contou a Nara, que acabava de chegar e já se intrometia — Meu pai mora longe e, às vezes, nem sabe o que eu ando fazendo. Quer dizer... Ele é meio de lua. Tem vezes que parece sentir culpa por me deixar solta e faz um questionário quilométrico. Mas quando a culpa passa...

– Que sorte! Sua mãe é moderna. Deve concordar com tudo – a Wanderléa comentou.

– É... Mas eu também não sei muito bem se gosto desta soltura toda – Nara admitiu.

– Está louca, Nara? – eu me admirei. – Muito melhor ter esta liberdade. Já imaginou como seria viver presa como eu?

– Para ser sincera, esta falta de breque também dá uma sensação de que eles não se importam muito comigo. Não gosto... – Nara insistiu.

– Nara, você está falando bobagem – Rick considerou. – Nunca ouviu dizer que liberdade não tem preço?

– Tem preço, sim – Nara discordou. – E é um preço bem alto. Tão alto que às vezes pinta uma insegurançazinha...

– Pois a sua irmã não parece ficar insegura – Rick comentou.

– A Nice é diferente. Puxou a minha mãe. É ousada, adora desafios. Eu não sou assim. Gosto de ter alguém dando um apoio.

– Pois eu pagaria qualquer preço para ser livre – falei, depressa.

– Se você puder pagar, aproveite – Wanderléa deu seu

palpite. – Também não acho legal ter que dar satisfação a todo instante e ser vigiada.

– Depende, gente, depende... – Mário falou e eu, estranhando, quis saber:

– Depende do quê, Marinho?

– Dos pais que você tem, do tipo de vida que você leva...

– Meu pai é velho... – falou Ivan, pensativo. – Não de idade. De cabeça. Não aceita nada novo, tudo é perigoso, tudo é problema. E o pior é que não confia em mim.

– Mas deixou você ir à festa? – eu perguntei como quem diz, está reclamando do quê?

– Ainda não falei com ele. Mas eu sou homem. Por que não? Pra essas coisas ele não liga muito.

– Ai, Ivan! Pára com isso – protestei e fiz careta. – Chega de machismo por hoje.

– Afinal, você vai ou não com a gente? – ele desviou o assunto e perguntou à Nara.

– Ainda não sei. Meus pais disseram que eu devo resolver, já que na semana passada fiz o maior escândalo pra provar que sou uma adulta responsável. Só que eu não sei se gostei muito da idéia de ter que resolver tudo sozinha – Nara confessou.

– Ficou louca! – exclamou Luciana. – Vai ser ótimo, menina!

– Na hora eu também pensei assim, mas acho que ficaria mais tranqüila se eles decidissem por mim.

– Mesmo proibindo? – perguntei, inconformada. – Mesmo se você estivesse vivendo uma situação como a minha, preferiria que eles decidissem?

– É que dá medo de errar, gente. E se der rolo? – Nara explicou.

– Sai dessa, Nara – Ivan explodiu. – Que rolo? Assalto, acidente? Você vai entrar na deles de que tudo pode acontecer de errado? Isso é paranóia! Tem mais é que ir, e pronto.

– Pensa que é fácil começar a assumir tudo sozinha? Não gosto disso!

– Pelo jeito foi você quem pediu, lindinha – falou Luciana. – Agora assuma.

– É que às vezes gosto de me escorar neles. Assim, se alguma coisa der errado, a culpa não é minha – Nara explicou.

– Pois eu prefiro quebrar a cara por minha conta mesmo – assumiu Mário.

– Eu também – concordou Rick. – Queria só ver se o meu pai liberasse geral comigo. Ninguém me segurava mais.

– Eu tenho um tio que quer que o filho quebre a cara pra aprender sozinho. Não dá palpite em coisa alguma! – a Nara lembrou. – Acho que é mal de família, todo mundo liberal.

— Mas o pai que deixa quebrar a cara também pode estar superligado. Só finge que não controla – eu lembrei.

— E o filho deste que finge, de repente, quer um palpite. Às vezes, a gente quer mesmo ouvir uma opinião – a Wanderléa protestou.

— Mas o cara que pergunte para um amigo. Eu prefiro. Penso assim – o Rick explicou - : se eu não sei o que fazer por falta de experiência, e o meu pai não sabe porque é careta, falo com um amigo. Ele é mais próximo, tem a minha idade, vai saber melhor o que eu preciso.

— Os pais querem que a gente não erre, não corra riscos. Como se nada tivesse dado errado na vida deles. – Luciana falou.

— Eles dizem que é proteção – argumentei.

— Chamo isso de pegar no pé – Luciana retrucou. – Não vejo amor nessas atitudes deles. Vejo só uma baita falta de consideração com a gente.

— Eu também não vejo isso como amor. Nem quando interferem demais, nem quando largam a bomba na minha mão. Tem hora que é difícil a gente fazer uma escolha. – Nara explicou. – Por exemplo, eu tenho que escolher entre a festa da Colina e a da minha prima. Há meses estamos fazendo planos para a festa dela, e vai um pessoal legal... Só que pintou uma dúvida.

— Vai nas duas... – Léa sugeriu.

— No mesmo dia, na mesma hora? – Nara disse. – Eu

tenho mesmo que optar. Se for numa, perco a outra. É pegar ou largar. Acha fácil?

– Acho. Qual você está mais a fim de ir? – Luciana perguntou.

– Nas duas... Na da minha prima, vai um gato que me interessa. Na da Colina, eu também tenho alguns motivos especiais para não querer deixar passar. Como vou saber qual delas vai ser mais interessante?

– Não dá para saber – Wanderlea lembrou. – Vai ter que arriscar.

– Eu sei disso... – Nara concordou. – E é justamente por isso que estou achando tão difícil fazer escolhas. Sempre alguma coisa você perde.

– Para sempre... – Mário considerou. – Meu pai já me disse isso. Tem situações que você tem que escolher e jamais vai saber como teria sido se tivesse escolhido uma outra coisa. Igual profissão...

– Sem essa, Mário – Rick protestou. – Não tem comparação. Uma festa é só uma festa!

– Mas é assim que a gente começa a escolher coisas... Começa com a festa, com um programa... – Mário explicou, com ares de adulto chatésimo.

– Nada a ver, Mário. Não viaja... – Nara disse. – Eu não estou fazendo treinamento para coisa alguma. Estou é sofrendo as conseqüências de uma frase que falei outro dia e que a minha mãe levou ao pé da letra. Para o meu pai foi cômodo entrar na dela. Ele já não dava muito palpite antes.

– Mas, afinal, Nara. Você vai em qual das duas festas? Decida-se. – pedi.

– Não sei, ainda.

– Deus! Quanta injustiça! – eu falei, levantando as mãos. – Quem quer ir, não pode. Quem pode, não quer. E a Nara sofre porque tem que decidir entre **duas** festas... Ah, Nara, se eu estivesse em seu lugar...

– Pois eu não disse que não existe nada mais estranho, contraditório, confuso e atrapalhado do que pai e mãe? – Mário insistiu. – Como é que a gente agüenta essa turma?

– Ei, esta frase é deles! – Ivan brincou. – Não vale.

– Existem muitas frases que são deles – Mário emendou. – A favorita é : "No meu tempo..."

– "Ah! Se eu respondesse assim para os meus pais..." – Luciana falou.

– Ou aquela: "Quando eu tinha a sua idade eu já fazia isso, isso e mais aquilo" – lembrou Rick.

– "Vocês têm que levantar as mãos para o céu. Vocês não sabem o que é passar dificuldade..." – Wanderléa aderiu à brincadeira.

– É verdade – concordei. – Eles acham que são maravilhosos e nós só reclamamos de barriga cheia. Pois hoje eu bem queria poder picar meu pai em pedacinhos.

– Ora, relaxa. Vai ficar nervosa só porque o pai é meio antigo? – Luciana brincou.

– Se o pai dela é meio antigo, o meu é o quê? – Wanderléa falou – Eu tenho a antigüidade dele atravessada na garganta desde que fui registrada.

– Por causa do nome? Wanderléa? O que é que tem? É moderno! Não tem a ver com uma coisa chamada *Jovem Guarda*? – Ivan brincou.

– Tem a ver com jovem sim – Rick falou. – Só que estes jovens já foram para o baú faz tempo...

– E pensar que quando criança eu ainda cantava e dançava as músicas favoritas do meu pai, só pra agradar. Que vergonha! Que ridículo! – Wanderléa lembrou, pondo as mãos na cabeça como desesperada, mas sorrindo.

– Você fazia isso, Léa? Que mico! – Luciana divertiu-se.

– Ah! E qual é a criança que não faz isso, Luciana? Qual é a criança que não faz papel de bobo para deixar os pais felizes? – eu me intrometi.

– É...

– O pior é que em todo o lugar que a gente ia, meu pai pedia que eu mostrasse os meus talentos. Tem coisa mais ridícula do que cantar e dançar assim? Olha só!

Então, para nossa alegria, Wanderléa assumiu seus ares cômicos e fazendo trejeitos com a cabeça e os braços, cantou alto:

> – *Por favor.... Pare, agora...*
> *Senhor juiz....*
> *Pare, agora...*

Nós começamos a rir e a falar alto, chamando a atenção de Waldo que logo começou a abanar a cabeça de um lado para o outro. Ele devia estar pensando: "Agora vai começar o barulho. Tava demorando muito".

– Pára com isso, Léa. Você está ridícula. – Luciana pedia, morrendo de rir.

– Vocês são doidas, mesmo – Rick reclamou. – Pára com esse mico, Léa. Senão vou chamar você de Wanderléa o tempo inteiro.

Wanderléa parou na hora e todos nós comentamos:

– Nossa, que medo! Isso é que é odiar um nome.

– Pois eu acho um nome interessante. Diferente – falou Nara. – Não ligaria se fosse meu.

– O problema é exatamente este – Léa explicou. – É diferente demais. Chamativo demais. Todo mundo logo lembra da cantora. É por isso que eu não gosto. Sou discreta.

– Não parecia, cantando daquele jeito. – Ivan brincou.

– Ora, Ivan. Estou só com vocês... Se eu não brincar com meus amigos, vou fazer isso com quem? Mas eu não gosto mesmo de estar sempre sendo associada a essa tal Jovem Guarda. Bem que eu podia ter um nome mais moderno.

– Mas tem também a Nara. Foi em homenagem àquela cantora Nara Leão que colocaram seu nome? – Rick lembrou.

– Acho que não – Nara explicou. – Minha mãe adora nomes curtos: Nara, Nice... Acho que foi só por isso.

– Mas Nara é um nome mais simples, discreto – Wanderléa comentou. – Acho que ninguém pergunta sobre a cantora para você. Pergunta?

– Quase nunca – Nara falou.

– Não é o meu caso – Wanderléa reclamou. – Tem pai que apronta dessas com os filhos e a gente acaba carregando a vida deles meio a tiracolo. O nome do ídolo, a profissão que sonhou... Que saco!

– Será que a gente vai lembrar dessas coisas na hora de batizar um filho? – Luciana perguntou.

– Claro que vamos! – Mário brincou. – O meu filho vai ter o nome de um craque do futebol, mas não é por causa do jogador. É por que é o nome do meu avô.

– Eles têm o mesmo nome? – Luciana duvidou.

– Não. Mas quem precisa saber disso? – meu irmão brincou. – Meus pais dizem que nós vamos repetir pelo menos metade daquilo que achamos que eles fazem errado. Vai ver que ficar adulto dá bobeira.

– Ou ter filhos deixa a gente bobo – Wanderléa emendou. – Meu pai deve ter ficado zonzo quando eu nasci tantos anos depois que o meu irmão. E eu que paguei o pato.

– Por falar em pagar o pato, quem assistiu à Família F ontem? – Luciana perguntou.

– Ai, ai, ai... Agora as noveleiras vão começar – Rick reclamou.

– A Família F não é uma novela. É um seriado. E vocês também ficam ligados nele que a gente sabe muito bem – Luciana falou e diante do silêncio dos meninos continuou contando:

– O tema tinha a ver exatamente com isso, Léa.

– Com os nomes dos filhos?

– Não. Com essa história da gente acabar pagando o pato por causa dos erros dos pais e dos parentes.

– É. Só que na Família F, tudo tem sempre um final feliz – lembrei.

– Claro! É televisão, bobinha – Rick debochou. – Você não sabe que na televisão é assim?

Ofendida com o bobinha, revirei os olhos e fingi estar prestando atenção no que Luciana contava.

VIII

Eu tinha perdido este programa, por isso fiquei ligada. Só o Mário e o Rick se afastaram. Disseram que iam até a padaria. Não estavam interessados naquela conversa mole. Só que eu sei por que o meu irmão não quis ouvir a história. Ele simplesmente tinha assistido ao programa inteiro e deu umas boas risadas junto com o Mateus. Aposto que o Rick também tinha assistido. Ficam com essa de papo de menina, papo de menino... Pura frescura.

Mulher hoje também não discute futebol, não joga futebol? Então. Eu conheço uma porção de homem que adora filme, novela, romance e poesia. Quer dizer, não é uma porção, mas deve ter alguns por aí. Não dizem que está tudo mudado? Não dizem que tem que mudar? Por que até os jovens são tão ligados nessas histórias antigas e machistas? Ora, quem está por fora é quem ainda fica preso a essas convenções. Tem coisa boa por aí que pode muito bem divertir meninos e meninas. Eles é que são muito caretas e só querem papos de macho. O que vem a ser isso? Mulher e futebol? Tô fora.

E o programa tinha tudo a ver com o que a gente tinha conversado. Na história, o pai do gato Felipe queria que ele fosse advogado como ele, mas o garoto estava estudando para ser publicitário. Já não estava bom? O cara já não estava estudando? Bem, não estava nada bom para quem tinha sonhado que o filho ia seguir a mesma carreira, ocupar a mesma cadeira, o mesmo escritório, assumir os mesmos clientes e os filhos dos seus clientes.

O pai tinha viajado longe naquele sonho desde quando o Felipe nasceu. Aqueles delírios de pais. Não perguntam, não consultam e vão sonhando como deles um futuro que é só nosso. Daí quando a gente cresce e pára de entrar na paranóia deles, ficam magoados. Essa é boa! Eles agem mesmo como se a gente tivesse nascido para eles. Como se tudo não passasse de uma brincadeira de casinha e nós fôssemos os bonecos: agora ele vai sentar, agora ele vai andar, agora ele vai dormir e agora ele vira advogado. Pronto. Sonho realizado.

Mas sonho de quem? De quem é a vida?

Bem, mas voltando à Família F, quem queria ser advogada era a filha, a Fernanda, mas o pai ainda assim não estava satisfeito. A Fernanda até podia ser advogada, ele arrumava uma salinha para ela, mas o sonho era outro: Dr. Felipe assumindo o escritório do pai. Que orgulho!

O pessoal disse então que o programa foi divertido, pois o Felipe precisava criar uma frase para promover um produto de beleza e caiu na besteira de pedir ajuda para a família. No fundo, eles tocaram em dois pontos que nós tínhamos acabado de discutir: essa história de ser aquilo que os pais querem e também esse papo machista de "isso é coisa de mulher".

O fato de o filho querido precisar fazer propaganda de um produto de beleza feminino foi um pouco demais para o cérebro de Fábio Fontes. Ele tentou por todos os modos convencê-lo a gostar de direito.

Enquanto o filho se empolgava todo com um *slogan* superinteligente, o pai andava atrás dele recitando trechos de leis confusas, tentando explicar todos os seus artigos.

Enquanto Felipe vibrava com um livro cheio de fotos publicitárias, o pai insistia em que ele percebesse a qualidade literária de um texto jurídico. Claro que estavam falando línguas diferentes. Cada um estava sintonizado numa estação espacial.

Fernanda até que se interessava, andava atrás do pai fazendo os comentários mais rebuscados, mas ele nem via. Ela simplesmente não o interessava como sucessora (mais uma postura bem machista). Francis, a mãe, puxava a brasa para o lado do filho querido, elogiando o seu talento, as suas frases, as suas idéias.

A Léa falou que deu muita risada com aquela família. Era uma crítica a esses sonhos que os pais têm para seus filhos. Uma coisa que herdamos sem querer herdar e que, às vezes, seguimos sem querer seguir. Vamos embalados naquele palavreado a vida inteira e acabamos convencidos de que o sonho era nosso. Não era. Nunca foi e nunca será.

O assunto é sério. O programa, claro, divertido. O final foi feliz, porque de tanto o pai falar em leis o Felipe acabou fazendo um comercial na mesma linha: uma lei, com artigos e parágrafos, tentando convencer o consumidor que aquilo tinha que ser seguido. Nada como ser criativo. Felipe provou seu talento quando usou o que tinha nas mãos para resolver o seu problema. O pai acabou admitindo que o filho tinha um caminho diferente. A mãe ficou babando o programa inteiro, achando seu rebento o máximo dos máximos. Sobrou pra Fernanda (como sempre, as mulheres), que tentou de todas as maneiras fazer com que o pai a enxergasse e ficasse feliz por tê-la como futura parceira. Sócia, uma filha, nem pensar!

Parece que ficou a deixa para o próximo programa. Vão falar sobre as mulheres, claro. Sobre como os pais vêem as filhas, como as jovens se comportam, essas coisas. Esse eu quero ver. Ai deles se disserem que somos umas patas. Escrevo uma carta acabando com o programa. Eles vão ver só com quem se meteram. Desde já, claro, torço para a Fernandinha, a personagem. Vamos só ver. Bem, torcemos todas, pelo menos foi o que disseram as meninas da nossa roda. Até o Ivan, não sei se pra fazer média, já que éramos maioria, veio dizendo umas coisas pró-fêmeas. Não deu pra acreditar muito, depois dos comentários que ele teve durante o nosso papo: "Sou homem. Por que meu pai não deixaria?" É. Não dá mesmo para acreditar que ele torça por nós.

Bem, azar o dele. Esses meninos são assim egoístas mesmo. Bem... Quer dizer... Nem tanto...

Falo sobre os meninos neste tom por vários motivos:

1. tinha descido brava, por causa do **meu pai** – sexo: masculino;
2. o Rick não tinha dado nenhum daqueles olhares que deu na escola e, além disso, me chamou de bobinha. Como podia ter esfriado tanto?;
3. não tinha gostado nada desse papo machista.

Mas, agora, lá vinham eles, o Marinho e o Rick, trazendo uns pacotes nas mãos. Embrulhos de padaria. Meu irmão, claro, passou por cima de mim como se eu fosse invisível. Foi na direção da Luciana cheio de um charme que só convence quem não vive na mesma casa. Mas o Rick engatou aquele olhar número 357, prendeu o olho dele no meu e veio em minha direção.

Eu quase derreti, quer dizer, a minha raiva derreteu inteirinha. Foi embora na mesma hora. Pai? Que pai? Festa? Que festa? Machista? Quem? O Rick? Imagine. Ele é um amor.

Então, não sei por que, lembrei de uma brincadeira que alguém me ensinou quando eu era pequena, que dizia assim:

> *Cadê o toucinho que estava aqui?*
> *O gato comeu.*
> *Cadê o gato?*
> *Fugiu pro mato.*
> *Cadê o mato?*
> *O fogo queimou.*
> *Cadê o fogo?*
> *A água apagou.*
> *Cadê a água?*
> *O boi bebeu...*

E fiquei me perguntando:

> *Cadê a zanga?*
> *A zanga passou.*
> *Cadê o **meu** gato?*
> *Meu gato chegou.*

E chegou mesmo. Chegou assim, de mansinho, com uma cara de anjo de asa partida, querendo curativo e colo. Não falou nada, nem precisava. Estendi o braço que tremia feito britadeira e aceitei o picolé que ele me oferecia. Era o meu favorito. O picolé também.

IX

Acho que fiquei meio abobada com o que aconteceu à noite com o Rick, o picolé, aquele olhar-cadeado, aquele sorriso-prisão, porque quando subi, em vez de ir direto para o meu quarto, fui falar com meu pai. Fiz pior. Ingênua, fui antes pedir socorro para a minha mãe. Quem sabe a rainha não me ajudava com uma palavrinha. Quem sabe se me apoiasse, não acabava convencendo o meu pai de que eu devia ir à festa.

Que inocência a minha! Até parece que eu não conheço a rainha Regina. Ela algum dia comprou a briga de alguém? Mais fácil seria se fosse o inverso: eu tentar convencer meu pai a mudar a idéia dela. É ele sempre o mais maleável. Sempre. Desde que o assunto não seja eu. Aí a coisa pega.

Eu cheguei meio flutuante, com gosto de picolé, achando o mundo uma maravilha, então perguntei feito princesinha dos contos de fada:

– Ó doce e suave rainha, poderíeis vós interceder em meu favor junto ao nosso nobre senhor e soberano?

É claro que eu não falei assim, mas estava me sentindo assim. Misto de princesa (já que eu tinha um príncipe), misto de poderosa (já que sou mulher), misto de heroína (já que sou jovem). E, no meio de tantos "já quês", quebrei a cara. Rainha Regina, a nobre, simplesmente me mandou ver se a minha carruagem estava na esquina. Carruagem que, a esta altura, já tinha virado uma abóbora.

Fui então ter com o rei e mais uma vez dancei. Não é só uma rima. É um fato. O rei disse NÃO, NÃO e NÃO. E disse mais: disse também que quando ele diz NÃO, é NÃO. Ele não é profundo e esclarecedor?

Claro que isso foi demais para uma princesa apaixonada. Então, desci do sapatinho de cristal e subi nas tamancas. Gritei, esperneei, armei o maior barraco. Meus soberanos ficaram estupefatos (aprendi ontem na escola e quer dizer isso mesmo). Conclusão óbvia: não vou à festa.

Na hora senti raiva. Daquelas grandes, imensas, que parecem arrebentar o peito. Depois dormi, fui ver um jogo na escola, meio apática, meu príncipe naquela manhã parecia estar sem coroa e sem cavalo, voltei bem murchinha. Foi me dando uma tristeza tão grande, mas tão grande que fiquei passando mal. Onde tudo era raiva, ficou uma coisa pesada e triste que também não cabia em mim e ficou assim se derramando por onde ando, até agora. Sai pelos olhos, pela boca, pelos ouvidos. Só que não acaba.

Olho pra rainha Regina e sinto pena de mim. Então me tranco na minha masmorra de 2 x 2 e choro, sofro. Sou a mais infeliz das pessoas. A hora passa. É um dia desperdiçado e inútil. Não fiz nada. Sabe lá o que é nada? Não pensei, não escrevi, não li, não estudei, não dormi, não assisti televisão, não chorei, não falei, não cantei e não tomei banho. Isso é grave. Quando um ser humano civilizado deixa de tomar banho é porque desanimou de vez. Auto-estima no chão e olho grudado no teto, olhando o vazio.

Agora ouço, por que deixar de ouvir não dá. Ouço ruídos pelo castelo e conheço tão bem os seus ruídos que, sem olhar, posso descrever o que acontece lá fora. É noite. Hora da janta. O rei, meu pai, chegou.

Entrou quase sem fazer barulho. Só um ruído do trinco, da chave girando. Deixou a casaca na cadeira da sala. Aquela cadeira de sempre, à esquerda da porta. Colocou a pasta no móvel, jogou a chave em cima da mesa. Não tirou a coroa.

Eu não vi. Estou aqui trancada no quarto, memorizando o teto. Não preciso ver para saber a cena, os movimentos. É sempre igual. Os mesmos gestos, os mesmos lugares milimétricos, os mesmos hábitos. Só o que há de diferente hoje é o silêncio. Ele não disse nada. Não diz quase nada desde a nossa discussão.

Acho engraçado isto. Ele erra. Ele comete a injustiça. Ele trava minha vida inteira e se aborrece. Também gritou, esbravejou, esperneou, mas se faz de ofendido, infeliz.

Mas eu sou a vítima! Ninguém vai contar isso pra ele?

Minha mãe se aproximou cheia de medos e ofereceu o jantar. Parece que perdeu a fantasia. Nas horas tensas, deixa de ser rainha, abre mão do comando, parece perdida e insegura. Não me chama. Jantei antes para evitar o confronto. Não por medo, pois medo não tenho. Mas em sinal de protesto. Quero que ele sinta a minha ausência e sofra. Quero que perceba que eu existo e faço falta na mesa, na sala, na hora de jantar... Quero que ele enxergue o óbvio. Cresci. Mudei. Não pulo mais em seu pescoço nem encho a cara dele de beijos. Tenho outros interesses, outros amigos, outro mundo. Nasci em outra galáxia ou século. Mas nasci. Existo, portanto, como um ser independente dele. Moldada por ele, mas independente. Outro ser. É isso, pai. Existo. Sou outro ser. Outro.

Sinto o impulso de correr junto dele e gritar tudo isto que sinto. Contenho o impulso, porque sei ser inútil. Haverá mais brigas e mais discussão. Mais nada. Eles ergueram a muralha e o castelo. Acham que são senhores onipotentes e donos da verdade. Estão sempre se revezando no poder, de modo que nunca há uma trégua.

Ele pensa que é o senhor da razão, mas não é. A verdade dele é outra. Tão antiga, tão ultrapassada... Eu quero correr, quando ele quer parar. Eu quero curtir, ele, só trabalhar. Eu quero crescer, aprender, ele acha que já sabe tudo, já viu tudo... Eu, não. Estou viva, ele, morto. Não sei destes medos todos, nem desta violência ou maldade. Sei quem são meus amigos, sinto-me amparada por eles. Perto deles, nada vai acontecer de mal.

Quero quebrar esta casca, esta gaiola, pai. Quero ser livre para voar... Sou um pássaro, pai, e um pássaro precisa de espaço. Não deixe que eu odeie este seu jeito duro de ser.

Minha mãe caminha pela casa sem fazer ruídos. Nada diz, nada comenta. Talvez até sinta a injustiça, mas não assume a minha defesa. Difícil, muito difícil saber o que ela pensa. Parece estar sempre escondida nas dezessete saias da rainha. Não é fraca, nem frágil. Não é dominada como eu. No entanto, não faz o mundo andar, não modifica, não cria uma verdade sua que possa ser a nossa. De que adianta ser forte se é pra ser assim?

Outro dia, conversando com a turma, ainda fui capaz de achar engraçado a gente estar sempre querendo agradar os pais enquanto somos pequenos. Aquela história da Wanderléa cantar para os amigos do pai só pra deixá-lo feliz, orgulhoso. Parece que isso garante uma admiração eterna ... Mas não. Eles só são nossos fãs e aliados enquanto somos crianças, bem pequenas. Enquanto imitamos Wanderléas. Enquanto fazemos as suas vontades e concordamos com tudo. Somos colocados no carro, na hora que eles decidem, no restaurante que eles gostam, na casa dos parentes que eles querem visitar.

Enquanto eu era bem ingênua, eu entendia que isso era amor. Eles riam das minhas gracinhas e também traduziam isso como amor. Se fosse, continuariam me tratando da mesma maneira. Não era. Era só porque eu não pensava, não reagia, obedecia aos seus desejos, aumentando o seu poder.

Agora que penso, contesto, grito, protesto, cadê a admiração? Eu sou só um problema, um aborrecimento. Crescer para os pais é um aborrecimento, porque daí eles descobrem que a gente tem uma vida própria. Somos algo mais do que simplesmente seus filhos-fantoches. E essa realidade para eles é mortal.

Eu tinha vontade de dizer tanta coisa para o rei. Mas não adianta, se adiantasse eu diria:

Pai, uma festa é só uma festa. É hora de estar entre amigos, rindo, sorrindo. Por que não? Pai, só responde isso: por que não? Por que você não vai poder viver esta alegria? Por que você acha que já viveu tudo? Por que tem medo? Do que tem medo? Tem medo que eu seja feliz e saia por aí voando, livre? Tem medo que eu sobreviva sem você? Afinal, pai, me conta? Quem você pensa que é? Que poderes acha ter sobre a minha vida? Sim, sobre a minha vida... Minha vida... Como soa isso para você? MINHA VIDA...

Ouço passos novamente. O jantar chegou ao fim. Ele segue até a sala e liga a televisão. Dobra o jornal, coloca-o sobre as pernas esticadas na banqueta, mas não lê. Já deve saber as notícias de cor. Mamãe dá os últimos retoques na cozinha e se aproxima com um café fresco. Sorri serena. Tem uma certa veneração pelo seu amo. Nessas horas, ele parece ser o soberano. Ela só quer agradá-lo, ou melhor, não irritá-lo mais. Irrita a mim, esta cumplicidade muda. Somos ou não uma família? Essa desigualdade não tem nada a ver comigo, nem com os tempos que vivemos, nem com a vida que levamos.

Não vejo nada do que acontece lá fora (será que algo acontece lá fora?). Só sinto, pressinto. Conheço a seqüência inteira. São 5.440 dias iguais. 5.440 cafezinhos, já que assisto a tudo isto há quatorze anos e onze meses. Uma existência inteira. A minha.

A rainha hoje parece serena. Parece querer mais do que tem ou do que temos. Ela não sabe ou não admite querer mais. Ele não quer saber ou admitir que ela possa querer algo além. Mas tem que ser assim? Tem sempre que ser assim?

Pai, novo século, novas idéias. Algumas revoluções aconteceram, e só você não viu. Distraído com seu trabalho, seu jornal, sua calvície. Este olhar perdido num programa qualquer a que você nem assiste. Para quê? Se você já sabe tudo ou, pelo menos, pensa que sabe.

Talvez você não saiba, pai. Uma festa é apenas uma festa. Um jovem é apenas um jovem, como um dia você deve ter sido e esqueceu... Ou não deve ter sido, nem esquecido. E uma filha, bem uma filha é.... O que é uma filha para você?

Não adianta insistir. Não adianta ficar aqui trancada no quarto buscando respostas, buscando saídas. A única saída seria esta janela do meu quarto. Mas estamos no oitavo andar. Não sou louca ou suicida. Quero a vida. Somente a vida normal de uma adolescente, junto aos seus amigos, numa festa alegre e colorida. Posso ao menos saber o que há de tão errado nisso? Estou pedindo demais?

Ele consulta o relógio e se levanta. Caminha lentamente até a cozinha. Enche o copo de água e bebe o líquido lentamente.

Ele consulta o relógio novamente, fecha portas e janelas. Ela assiste à televisão, com um olho grudado nele.

Ele atravessa a sala e caminha pelo corredor em direção ao quarto. Ela espera o instante certo em que ele atravessa a porta, ergue-se lentamente, desliga a TV e o segue.

Luzes são apagadas. E com elas a vida. Vida? Que vida?

É preciso descansar para enfrentar um novo velho dia. Um dia igual a tantos outros. Tudo exatamente igual.

Mas eu não estou vendo nada... Não é preciso.

...BRÁULIO

I

Se tem uma coisa que eu não suporto é chegar em casa, depois de um dia de trabalho, e discutir com a família. Será que dá para evitar isso? Será que alguém consegue? Eu não. Juro que chego disposto a não discutir. Quero apenas saber como foi o dia deles, contar um pouco do meu, conversar amenidades, descansar depois de um dia difícil.

Mas não. Isso é sonho impossível. Sempre tem alguém na contramão pronto para acabar com a tranqüilidade que eu pensei encontrar na minha própria casa. Ou é a Regina que está magoada com um dos garotos, ou os garotos que estão discutindo, ou a Marcinha querendo agir como adulta, quando não é. Agora deu para me enfrentar.

Ontem, nós estávamos jantando calmamente. Tinha tudo para ser uma noite agradável, se ela não viesse com mais um de seus pedidos absurdos. Festa numa tal de Montanha, Pico, Morro, como é mesmo o nome? Uma tal de Colina. Isso lá é nome de quê?

A Marcinha tem quatorze anos. Vai completar quinze o mês que vem, mas para todos os efeitos tem ainda quatorze anos. Não sei se porque vê os irmãos mais velhos, de quase 17 e de 18 anos, saindo à noite, se é influência das amigas sempre tão avançadas, deu agora de querer agir como adulta.

Quer freqüentar festas até altas horas, quer namorar um tal de Rick que mais parece um roqueiro sem eira nem beira, quer voltar tarde, de carona com este e com aquele outro. Não tem cabimento isso.

Até pouco tempo, mal saía de casa. Ficava quietinha comigo e com a mãe, lendo um livro, estudando, assistindo a um filme na televisão. Era um sossego. Claro que tem os garotos que também dão trabalho, mas é diferente. A Marcinha é mais frágil, mais ingênua, exige muito mais proteção.

Cada dia ela vem com uma novidade. Outro dia, queria ir dormir na casa da amiga. Uma tal de Nara, irmã da Nice. Eu conheço a menina, de vista. Às vezes, ela vem aqui no prédio, no apartamento, mas a Marcinha cita os nomes dos amigos como se fossem atestados de idoneidade. " A Nara, pai, irmã da Nice! Como não sabe? Já falei nelas tantas vezes". Diz isso como se o fato de me contar uma coisa ou outra sobre as meninas fosse alguma garantia de boa conduta, bom comportamento.

Deve ter falado alguma coisa sobre as meninas, sobre os pais, mas quem são eles? Vivem juntos? Separados? Saem à noite? Dormem em casa? São liberais? São idosos? Controlam os horários das filhas?

Tenho mil perguntas, uma ficha técnica, um cadastro. Claro que ela logo veio me chamando de moralista, afinal o que é que tem se a mãe da Nara é separada, viúva, desquitada ou seja lá o que for? Está bem, admito. Isso é preconceito meu, bobagem mesmo. As pessoas são o que são. Não importa se casadas ou não. Mas, na hora, eu só queria mesmo era arrumar um pretexto para dizer **não**. Claro que meus pretextos nunca servem de desculpa para ela. Agora a Marcinha deu para argumentar, contra-argumentar. É uma briga de foice.

Mas ela quer ir dormir fora de casa por quê? E eu? Como é que fico? De tão preocupado, não durmo? É justo? Como vou saber se ela está mesmo na casa da menina ou se aconteceu alguma coisa na rua? Fico maluco só de pensar.

"Mande as meninas virem passar a noite aqui", eu sugeri, pensando na minha tranqüilidade. Mas ela já tinha a resposta na ponta na língua, ou melhor, a pergunta: "Pra dormir em qual gaveta?"

É o jeito sutil de ela dizer que o seu quarto é pequeno. Bobagem. Até que é um quarto bonzinho. Não dá para acomodar as amigas, é verdade, mas por que não fica cada uma dormindo na sua casa? Não é mais razoável?

Esses jovens só inventam. Só inventam. Querem sair, se divertir, e a gente que sofra. Durmo sempre entre 23:00/23:30h. Levanto às 6:00h. Claro que ter que ir buscá-la nas festas, de madrugada, me atrapalha um bocado. Mas eu não me nego. Às vezes me nego, sim, mas é porque é longe ou eu estou cansado. Precisa ser todo final de semana? Um por mês, eu já sugeri. Até porque as notas dela estão péssimas. Mas ela não entende. Diz que eu sou careta, antiquado, inimigo e vai por aí.

Deu também para implicar com a mãe. Chama a mãe de rainha, soberana. Pobre da Regina, faz tudo por estes filhos. Deixou a vida profissional em segundo plano por causa dos três. Ganhou o que com isso? Nada. Eles dizem que não pediram para nascer e muito menos para que ela parasse de trabalhar. É, não pediram mesmo, mas será que não dá para ver o que ela fez por eles? Abriu mão de uma porção de coisas, por causa dos filhos. Sabe o que eles dizem? Que a opção foi dela.

Filhos são ingratos. Quando pequenos, uns amores. Só que filho cresce, e ninguém nos avisa antes. Não me avisaram que isto acontecia. Que filho crescia, começava a pensar e agir segundo a sua cabeça, e eu não sei como lidar com isso. Só o que sei é que no meu tempo as coisas eram bem diferentes. Eu não era assim, minhas irmãs, muito menos. A gente respeitava os mais velhos. Todos eles. Bastava ser mais velho para ser respeitado. Era uma condição simples. Responder? Enfrentar? Jamais!

Os tempos mudaram. Não sei onde vamos parar. Claro que também não precisava ser do jeito que era, com aquela rigidez toda, mas liberdade demais deu nisso. Eles acreditam que podem fazer tudo. Quem pode pôr um freio nisso, agora?

É uma discussão atrás da outra. Discussão não, briga mesmo porque não é uma conversa onde cada um coloca suas idéias aberta e francamente. É um jogo. Eles simulam, disfarçam, vão se insinuando até chegarem onde querem, como se nós fôssemos tolos. Vêm com jeitinho, desviam daqui e dali e pimba! Dão o bote. Daí, a gente, apanhado de surpresa, sente-se ludibriado, traído e acaba estourando, metendo os pés pelas mãos.

Depois da briga que tivemos na hora do jantar, a Regina lembrou que tinha que entregar um remédio para a minha cunhada que mora aqui perto. Coitada da Regina, teve um dia tão atrapalhado, estava cansadíssima, aborrecida com a briga. Pediu que eu a levasse de carro. Fomos. Quando estávamos saindo do prédio, a Regina lembrou de pegar outra coisa. Ela foi até o apartamento e eu fiquei esperando na entrada da garagem. Então vi a molecadinha reunida no *hall*. Pelo visto, ninguém tinha arrumado programa para aquela noite.

Vi a Marcinha. Parecia triste. Fiquei morrendo de pena. Será que essa tal de Colina era muito longe mesmo? Será que eu tinha exagerado na dose? Será que ela não estava mesmo melhorando nos estudos como dizia? Será?

Tive uma recaída. Uma vontade de chamá-la e de voltar atrás, mas sei que isso é ruim. Vou perder a autoridade, ela vai achar que pode tudo, que eu sou mole, e aí ninguém segura mais. Agora que já brigamos mesmo e que ela já se conformou em não ir, é melhor não falar nada. Ela vai esquecer. O que é uma festa? Ela terá muitas festas para ir. Eles pensam que o mundo vai acabar amanhã. Não acaba.

Quer dizer, um amigo meu perdeu um filho e disse que se tivesse imaginado.... Ora, bobagem. Tenho que pensar no futuro dela, sim, na segurança e ela tem que me respeitar. Sou seu pai e sei o que estou fazendo. É que tenho o coração mole mesmo, mas pai de adolescente não pode fraquejar.

Olha lá... ela deu risada. Já está rindo, se divertindo. A Wanderléa está dançando para eles e todos riem. Não é bom que seja assim? Todo mundo reunido na porta do prédio, em segurança. Do lado de cá dos portões. Isso não pode ser um programa? Por que eles sempre têm que sair?

Ela riu de novo. Que bom. Não quero que ela sofra por causa de uma festa. Só quero que entenda que tudo o que faço é para o seu bem. Eu amo essa menina.

Minha mulher entrou no carro, e nós saímos. Questão de meia hora. Logo estávamos de volta, parados na frente da garagem, esperando que Waldo acionasse o portão, e eu espichei o olho para dentro do prédio. Eles ainda estavam conversando animadamente. Marcinha não me parecia mais infeliz. Na certa tinha descoberto que metade do pessoal não ia nessa tal festa que antes parecia indispensável. Afinal, deve haver mais algum pai ajuizado neste planeta.

II

Subi, peguei um livro para ler. Estava com a consciência tranqüila. Estava em paz. Só que a minha paz durou pouquíssimo tempo. O tempo que pode durar a paz de quem tem um filho adolescente.

Eu, muito ingênuo, já tinha ficado prestes a amolecer com a Marcinha, morrendo de pena, achando que tinha exagerado. A danada fez escândalo, bateu porta, desceu. Fez carinha de triste, mas depois riu. Eu vi. Tinha visto muito bem como ela estava se divertindo lá embaixo com os amigos. Ela é que não me viu. Não sabia, portanto, que eu tinha visto que não estava mais zangada.

Pois não é que ela tinha ido lá embaixo só para dar um tempo? Pra ver se eu relaxava e mudava de idéia?

Eu estava lendo, quando ela subiu. Foi direto falar com a mãe que, ocupada ou sem querer me desautorizar, não lhe deu ouvidos. Petulante, veio novamente falar comigo. Claro, sobre a festa. Começou tudo de novo: que tinha carona com o pai da Luciana, que até ele que é mais bravo que eu tinha deixado, que todo mundo ia à festa, só ela não podia. A ladainha de sempre.

Disse mais. Veio com um drama de que não adiantava ser jovem e saudável, ter duas pernas, dois olhos, se não podia viver. Começou a me comparar com um tal de Fábio Fontes de um programa da televisão. Disse que ele não acredita na filha, mas ainda assim é mais amigo do que eu. Que erra, mas depois reconhece, e acaba tudo bem. Que eu sou incapaz de admitir um erro. Que nós somos tiranos, ela, uma escrava e desandou a falar e falar.

Eu fiquei só olhando para aquela carinha de santa. Fiz que prestava atenção e que estava muito interessado em seus pontos de vista, o que fez com que ela se entusiasmasse e falasse ainda mais. Deixei. Uma hora ela tinha que parar.

Parou. Parou, me olhou, esperou uma mudança e eu, categórico, disse simplesmente: não. Se ela precisou de mil palavras para o seu discurso, o meu foi curto e grosso: não.

Ela arregalou os olhos, sem querer acreditar na minha reação. Ou melhor, na falta dela, porque eu nem me mexi. Encarei e repeti meu veredicto. Repetiria mais vezes, se ela desse tempo, mas ela começou a esbravejar.

Aí eu disse que ela tinha usado isso de artimanha, que tinha descido para dar um tempo, esperando que eu mudasse de idéia, e que nem estava aborrecida coisa nenhuma. " Eu vi a senhorita se divertindo lá em baixo com seus amigos. Não me venha agora com esse ar sofredor. EU VI". Anunciei com o maior prazer.

Ela nem se abalou. Argumentou que não é porque mostra os dentes que não está sangrando por dentro. Não é uma atriz a minha filha? Imagine só, sangrando por dentro porque não vai à festa da Montanha, ou Colina, que seja. "Pois por mim não vai nem no montinho de areia, quanto mais numa colina", fui logo avisando. Não admito desafios e ponto final!

Ela saiu batendo novamente os pés e as portas. É a sua marca registrada. Não liguei. Desta vez não senti mais remorso algum. Dormi feito um anjo justiceiro. Ela, claro, chorou durante algum tempo, tomando o cuidado de fazer bastante barulho para eu ouvir, e quando achou que já tinha chorado o suficiente para eu me sentir cheio de remorsos, dormiu sentindo-se injustiçada.

III

De fato dormi muito bem para quem tinha enfrentado um temporal. Vai ver que estou me acostumando. Eles vão e vêm. Às vezes, até demoram para voltar. Mas voltam sempre. Seja lá por qual caminho: Mateus, Mário ou Márcia.

Devo admitir, no entanto, que nem por isso me senti muito bem na manhã seguinte, nem durante todo o final de semana. Minha filha me evitou o tempo inteiro. Nem bom dia, nem boa noite, nem coisa alguma. Eu, querendo mostrar que isto não me atingia, fiquei firme. Podia até ter exigido mais respeito, exigir que me cumprimentasse, mas quis mostrar que nada me abalava. Se quisesse sentar na mesa para comer, ótimo. Se não quisesse, ótimo também. Banquei o durão o final de semana inteiro. E ela, sentindo-se com a razão, foi mais durona ainda.

Na segunda-feira, Marcinha foi para a escola sem tomar café e, pior, mais uma vez sem me dar bom dia. Isso me pegou. Desta vez não estaríamos juntos, sairíamos para pontos diferentes e só nos veríamos à noite. Não era a mesma coisa do que ficar cruzando com ela dentro de casa, sabendo que, apesar de tudo, ela estava bem. Meu dia seria péssimo, com certeza. Se eu bem conhecia a minha filha, sabia que ela ia fazer uma longa greve. Greve de palavras, greve de olhares, de pedidos, de afeto. A coisa ia render até o próximo final de semana, no mínimo. Até aparecer outra festa e ela precisar vir com aquele seu jeitinho desinteressado pedir permissão. Ia ser duro esperar por isso, mas eu tinha que conseguir. Quer guerra? Teremos guerra! Um pai não pode deixar de se impor.

Pus isso na cabeça e fui trabalhar. O prédio alto e imponente, erguido no centro da avenida, fez com que eu me sentisse uma pulga no meio da multidão. Eu realmente não estava bem, mas, profissional que sou, respirei fundo, pus minhas preocupações de lado e, quando entrei no elevador, já não era mais pai de ninguém. Era simplesmente um empresário dedicado e competente. Não dá para ser diferente.

Assim que o elevador parou no sétimo andar, desci. Passei a mão na cabeça como se ajeitasse um cabelo rebelde que nem existe mais, endireitei o nó da gravata e, agarrado à minha pasta de couro, assumi ares de homem de negócios bem sucedido. Caminhei até a minha sala, cumprimentando a todos com um ar sério. Entrei, fechei a porta atrás de mim e joguei minha máscara de ser inatingível no tapete.

"Márcia", "minha filhinha", pensei, olhando para o porta-retrato sobre a mesa.

Sentei na poltrona de couro, cujo encosto alto me confere grandes porções de poder, examinei a agenda, apertei um botão do telefone e chamei minha secretária. Determinei as primeiras tarefas do dia, confirmei reuniões, cancelei um almoço e compromissos menos importantes. Solicitei as ligações mais urgentes, assinei os papéis mais prementes e depois de duas horas agitadas tive um minuto para respirar. Só então me dei conta de como era simples para mim fazer tudo isso. Era automático, não precisava pensar muito. Meus passos eram seguros.

Olhei novamente para o porta-retrato de onde meus filhos me sorriam confiantes e pensei como achava difícil ser pai. Pai de adolescentes, seres pensantes, gritantes, solicitantes, asfixiantes. Seres que questionavam a minha autoridade e minha sabedoria como ninguém jamais tinha feito.

Eu sou um homem forte, acostumado ao poder, à razão e, com meus filhos, não é com a razão que eu tenho os melhores resultados. Não sou um homem voltado para as emoções. Será que é por isso que me perco tanto e me afasto deles? Era nisso que pensava quando Sílvio, meu sócio, entrou na minha sala:

– E aí, Bráulio. Tudo bem com você? E então. Posso confirmar o nosso compromisso?

– Que compromisso? – perguntei, completamente esquecido.

– Ora, Bráulio! Vai me enganar que não falou com eles? – Silvio pareceu zangar-se.

– Falar? ... Ah! Agora me lembro... – eu disse, sem jeito, como a pedir desculpas. – Claro, Silvio. Vou falar hoje, sem falta.

– Hoje, sem falta – Silvio repetiu. – Parece que ouvi você dizendo isto na quinta e na sexta-feira? Estou enganado?

– Não, Silvio. Não está enganado. Eu de fato nem comentei o assunto com eles... Bem... Para você eu posso contar, mal tenho conversado em casa. As coisas estão um tanto estremecidas.

– Brigou com a Regina? – Silvio falou num tom de dúvida.

– Não... Foi com a minha filha – admiti. – Briguei com a Marcinha.

– De novo? – Silvio admirou-se. – Vocês antes se davam tão bem...

– Falou tudo: **antes**. Num passado distante... Sinto estar perdendo a minha filha, e isso dói que você não calcula.

– Deixe de bobagem, Bráulio. Perdendo a filha... Isso é muito natural, na idade dela. Já passei por isso. Tenho dois filhos, não se esqueça.

– Ela me tira do sério, Silvio. Parece que quer o mundo, como se já não tivesse tudo. Vive fazendo exigências. Quer isso e mais aquilo... Não posso entender.

– O que ela pediu desta vez?

– Quer ir a mais uma daquelas festas horrorosas. Longe, tarde, com um bando amalucado...

– Sua filha com um bando amalucado? – Silvio pareceu duvidar.

– É. A molecadinha do prédio, da escola. Você sabe quem são eles. A mesma turma do seu filho. Veja lá se eles têm idade para sair à noite...

– Você queria que eles saíssem a que horas, Bráulio? Quer que sua filha freqüente matinês eternamente?

– Você sabe qual a idade dela? Quatorze anos! Quatorze...

– Quase quinze. – Silvio corrigiu.

– Quatorze, quinze... Que diferença faz? – falei, balançando os ombros – Continua sendo uma criança. E criança minha não vai sair de madrugada.

– Criança minha... Que pretensioso... Qual é o horário da festa?

– Começa às dez horas. Hora de estar na cama!

– Como é que é? – Silvio falou, surpreso. – Você quer que a sua filha adolescente esteja na cama às dez horas, enquanto seus amigos estão curtindo a maior festa? Acha que ela vai concordar com isso?

– Eu mando nela... Ainda – falei, sem muita firmeza.

– Ainda... Ora, Bráulio. Acho que desta vez vou ter que ficar do lado da sua filha. Se você tivesse a idade dela, também estaria furioso.

– Não tenho a idade dela – desconversei. – E, além disso, os tempos são outros. No meu tempo...

– No nosso tempo – Silvio interrompeu, rindo – No nosso tempo, meu caro, tudo era muito diferente. Tudo. Inclusive as nossas cabeças.

– Você está muito liberal para o meu gosto, Silvio. Deve ser porque tem filhos e não uma filha como a minha.

– Não sou liberal coisa nenhuma. Lá em casa é linha dura. Mas eu acho que eles têm que enfrentar a vida, quebrar a cara se preciso e se virar.

— Não as meninas — resmunguei.

— Sua filha tem juizo suficiente, Bráulio. Meu garotão já está com dezoito e já sofreu muito na minha mão, mas hoje sabe andar pelas próprias pernas. Tenho que fazer o mesmo com o Ivan. Não é proibindo de sair que você ensina, é soltando, deixando resolver seus problemas. Só assim você cria um homem de verdade.

— Eu queria ver você fazer esse discurso se tivesse uma filha. Você não vai me convencer de que é a mesma coisa, Silvio. Eu tenho dois rapazes em casa e com eles tudo fica mais tranqüilo. Não são vulneráveis como as meninas.

— O segredo é responsabilidade, Bráulio. O Ivan já sabe: tem que andar na linha. Vai sair para onde quiser, mas não pode falhar comigo, porque senão a coisa fica feia. Ele não pode falhar comigo, Bráulio. Ele sabe que eu não perdôo.

— E você acha que eles não vão errar, se a gente não ficar orientando o tempo todo, Silvio? Seja menino ou menina. Eles ainda precisam ouvir muito conselho.

— Meus filhos têm que usar a cabeça. Comigo é assim. Até agora tem dado certo.

— Você é que pensa, Silvio. Acha que eles vão contar, se alguma coisa der errado, se sabem que você não vai perdoar?

— Eles que se atrevam a me esconder alguma coisa!

— Não sei qual de nós dois é mais ingênuo, Silvio — falei. — Se eu, prendendo ou você, soltando, mas acreditando que nada vai falhar. O fato é que não acho nada fácil saber quando ser liberal, quando ser durão. Parece que sou testado o tempo todo.

– Os tempos são outros, Bráulio mas não acho que proibir de sair resolva. Onde eles vão aprender? Dentro de casa? E, depois, você acha que eles vão concordar em ter uma vida diferente da dos seus amigos? Não seja tão radical.

– Com ela só sei ser assim: radical. Ela quer motivos que eu não posso explicar – admiti.

– Eu também não sou de dar muita explicação, não. Que entendam minhas razões se quiserem.

– E vamos explicar o quê? Que morremos de medo que sofram? Que o mundo está violento? Eles sabem de tudo isso, só que acham que são imunes. Esse é o problema do jovem.

– Acho que a gente tem que se cercar de cuidados e exigir franqueza. Vai aonde, com quem, quem vai e por quê. Depois disso, é soltar a garotada. Bem, no caso da sua filha tem que levar, buscar, é um pouco mais complicado. Meu garoto eu solto, e ele que se atreva a me arrumar confusão!

– Ser pai de uma menina é a tarefa mais difícil da minha vida. – admiti.

– Quem diria... – Silvio riu. – Um executivo que toma decisões dificílimas durante vinte e quatro horas por dia. Um homem corajoso, objetivo, firme... E, nas mãos da filhinha, tão inseguro.

– Não chamo isso de insegurança – reprovei o termo. – Chamo de zelo, prudência. Eu me preocupo com a minha filha.

– Não é prendendo que se resolve isso. Tem que ter muito papo, muita conversa. O tal diálogo... Isso você não pode perder.

– Já perdi. Não falamos mais a mesma linguagem. Observo-a com os amigos, tão leve, tão solta, usando termos que não usa comigo...

– Isso é perfeitamente normal, Bráulio. Também fomos assim. Tínhamos uma gíria só nossa, que nossos pais odiavam. Acho isso bom, eles têm que ter uma linguagem para ser usada só entre eles. Uma linguagem que a gente não entenda mesmo e nem queira entender. Qual o problema?

– O problema é que ela fala cada vez menos comigo. Agora, então, que brigamos, ela se tranca no quarto quando apareço. Não quer nem me ver.

– E a Regina? O que acha disso tudo?

– Você conhece a Regina. É firme como eu. Me dá todo apoio. Também não quer perder a autoridade.

– Lá em casa a Miriam tenta sempre protegê-los. Acha que eu sou duro demais. Eu digo que não quero perder a autoridade, e sabe o que ela me pergunta? Se é autoridade ou autoritarismo? Ora, dá na mesma.

– É. Na prática isso tudo fica muito misturado. Mas a verdade é que eu amo aquela menina, Silvio. Você já me ouviu dizendo uma frase dessas? Sabe o que ela representa para mim? Depois de dois garotões, veio a Márcia...

– Eu sei o quanto você gosta dela, e ela também sabe. E você só está querendo que ela seja feliz.

– Ela é feliz – fui categórico.

– Bem, Bráulio, tente ter em casa o mesmo jogo de cintura que tem aqui. – Silvio sugeriu, enquanto saía. Mas, antes, advertiu: – Fale com eles esta noite. Quero vocês jantando lá em casa na próxima semana. A Miriam inventou de fazer um jantar no meu aniversário e pediu para convidá-los. Seremos só nós lá de casa e vocês. Veja se convence a meninada.

– Está cada dia mais difícil convencê-los a nos acompanhar num programa familiar como esse. Mas, como todos se conhecem, quem sabe! Vou falar com eles – prometi.

Depois dessa conversa, procurei deixar as minhas preocupações pessoais de lado e voltei a tratar dos meus assuntos de negócios. Nessa área, dificilmente preciso de conselhos e me sinto quase imbatível.

Antes, porém, forcei o corpo para a esquerda, mudando a posição da cadeira giratória, peguei o porta-retrato e deixei o pensamento vagar por alguns segundos.

Filhos, por que crescem tão depressa? Por que se mostram fortes e independentes quando não são?

Minha menina ainda precisa tanto de mim e, no entanto, se afasta. Só importam seus amigos, seus programas, seu espaço, suas vontades, seu quarto. Já não conversamos, não rimos juntos...

Tudo isto está longe demais... As frases hoje são outras: "Vou sair com minha amiga. Vou comprar o meu CD. Vou ligar para o meu amigo. Vou voltar mais tarde hoje. Vou ficar no meu quarto..."

Dizem ser normal, coisa da idade. Acho, porém, que ela é apenas frágil e insegura. Não posso fraquejar. Prefiro que ela sofra agora, que se zangue, chore... Melhor do que chorar depois. Ainda que zangada comigo, prefiro que fique protegida dentro de casa. Chorar um pouco não faz mal a ninguém...

...MIRIAM

I

Se eu tiver que me descrever para alguém, falar sobre as coisas que sinto ultimamente acho que escolheria apenas uma palavra: dividida.

Sou uma pessoa dividida. Entre as coisas em que acredito e as que vejo os outros defender. Entre as coisas que quero e as que vejo os outros querer. Entre as pessoas em que confio e aquelas nas quais não consigo confiar. Enfim, sinto-me sempre no limiar de uma porta, na bifurcação de um caminho, e tudo me parece ter um lado certo.

Entre meu marido e meu filho, por exemplo. Consigo ver razão nos argumentos dos dois. Meu marido é extremamente exigente com o Ivan. Extremamente. Pretende que ele sinta e aja como se já fosse um adulto. Não é.

Ivan, por sua vez, está envolvido pela magia da sua idade, confia cegamente em todos os amigos e sente-se protegido de qualquer ameaça. Claro. É jovem, cheio de vida, de energia e confiança. Gosto disso.

Entre os dois estou eu, sempre massacrada entre seus pontos de vista divergentes, sempre chamada para decidir um conflito no qual enxergo duas verdades: a preocupação normal de um pai de quase cinqüenta anos de idade e a euforia de um jovem de dezesseis.

Já vivi isso antes. Meu filho mais velho, hoje com dezoito anos, caminhou por esta mesma estrada. Sofreu, mediu forças com o pai e hoje estuda em uma faculdade de outra cidade. Até hoje não posso afirmar se foi o curso que o atraiu ou a possibilidade de se ver livre da pressão familiar. Meu coração de mãe acredita na segunda hipótese e o apoia.

Meu marido, Silvio, é um bom pai. Zeloso, trabalhador e ama os filhos. Disso ninguém duvida. Só que com eles é intransigente, intolerante e não lhes dá espaço para serem aquilo que verdadeiramente são.

Ele fala com os filhos, mas impõe a sua visão de mundo. Ele dá liberdade, mas não admite falha alguma. A sensação que se tem é que ele sempre dá com uma mão e tira com a outra. Não é amigo. Quer ser respeitado, mas não os respeita. Pelo menos não como eu acredito que um pai deva respeitar seu filho.

É claro que, se eu afirmar isso, ele vai discordar, vai dizer que eu distorço os fatos, e nós acabaremos discutindo. Prefiro então aliviar a tensão por onde posso, sendo cúmplice dos meus filhos, quando sinto que é preciso. Isso é ruim. Não lemos a mesma cartilha, não damos as mesmas diretrizes. Os meninos ficam confusos, porém acabam sempre acatando a lei do mais forte. O pai sempre vence. Ou pensa vencer.

Ivan é um bom garoto. Um garoto normal. É claro que tem lá seus segredos, apesar do pai acreditar que não. Silvio é austero e ao mesmo tempo ingênuo, pois imagina que o filho lhe conte tudo. Que filho conta tudo, sabendo que haverá sempre um castigo, uma punição, jamais compreensão?

Outro dia assisti a um episódio do seriado Família F que retrata a vida de uma família comum como a nossa. Classe média, filhos adolescentes, pais zelosos. Tudo tão parecido e, ao mesmo tempo, tão diferente.

Diferente por que todas as situações que eles apresentam têm um final feliz. A mensagem pode ser para os pais, para os filhos ou para todos de uma família. Na verdade, cada um enfia a carapuça que lhe cabe. E sempre tem uma carapuça que nos serve muito bem.

As brigas acabam em abraços calorosos regados de perdão. Qualquer mal entendido acaba sendo sempre esclarecido pelo caminho mais inesperado. As dúvidas acabam trazendo sempre e para todos novas lições. É uma perfeição que não cabe na realidade. Ficção pura, naturalmente. Uma família idealizada na mente de alguém.

Na tela, na grande maioria das vezes, ninguém tem um problema sério ou, quando tem, o problema é eliminado com uma varinha mágica. Tudo é mantido num limiar que não corresponde à realidade. Daí fica fácil achar que a ficção é mais fascinante, mais empolgante do que a vida real. Claro, a intenção é exatamente essa. Que a gente mergulhe neste sonho e esqueça os problemas do dia-a-dia.

Mas para que promover essa alienação toda? Por que não aproveitar essa entrada em nossos lares para ensinar alguma coisa positiva, que possa ser posta em prática sem truques ou magias? Sei que estou sendo tola. Como dizem, de amarga basta a vida. Acho que é assim que os produtores pensam, especialmente quando querem seduzir o público. E conseguem.

No episódio de ontem, o Felipe, filho do casal Fontes, envolveu-se em uma situação delicada e tentou ocultá-la do pai. Tinha pedido o carro do pai emprestado, e o pai negou, porque não queria que ele fosse a uma festa na cidade vizinha. Usou todos os argumentos para dissuadir o filho: a estrada, a neblina, o trânsito, a hora. Enfim, fez aquele discurso que todos os pais e mães conhecem tão bem.

O filho, inconformado, arrumou um carro emprestado de uma colega que passaria aquele final de semana fora da cidade. Já que a garota ia viajar de avião e o carro ficaria na garagem, que mal haveria?

Para os pais, Felipe inventou um outro programa para o final de semana. Disse que ia dormir na casa de um amigo num bairro afastado. Eles acreditaram piamente.

Num dado momento, de madrugada, o telefone toca. Era o guarda rodoviário comunicando o acidente. Felipe ferido, o acompanhante hospitalizado, o carro arrebentado, os pais desesperados.

Claro que tudo isso rendeu um programa inteiro. Felipe tentou justificar-se, demonstrou estar arrependido, comprometeu-se a pagar qualquer dívida que o pai tivesse que assumir, enfim, fez o papel do bom moço.

Felizmente, os ferimentos do amigo eram leves. Felizmente, o carro tinha conserto, felizmente a amiga compreendeu. Felizmente, era só um programa de televisão onde tudo é resolvido num piscar de olhos.

Felipe, uma vez em casa e fora de risco, naturalmente foi absolvido. Entusiasmado pela reação da família que, aliviada, lhe dava toda e qualquer cobertura, aproveitou para confessar inúmeras outras infrações cometidas.

A reação do pai foi de espanto; da mãe, um misto de surpresa e orgulho. Isso mesmo: orgulho. O fato de o filho assumir todas as culpas, praticamente o redimiu de um passado cheio de mentiras.

A sensação que o seriado deixou era a de que, desde que você confesse e admita seus erros um dia, você pode fazer o que bem entender. O garoto, que já é considerado um deus por todos os adolescentes, virou herói. Mas um bandido arrependido é sempre um bandido. Ou não?

Felipe, ferido e arrependido, foi absolvido. Assumiu o compromisso de não deixar que atitudes impensadas como aquela se repetissem e, sem dar garantia alguma, ficou impune. No entendimento dos pais, o filho tinha amadurecido muito com aquele incidente.

Fiquei pensando em como as coisas acontecem aqui em casa. Quais são as conseqüências de uma mentira, de uma falta cometida. Falhar é tudo o que o meu marido não admite com relação aos filhos.

Daí as coisas terem chegado no ponto em que chegaram.

II

O Ivan tinha uma festa para ir numa quinta-feira. Geralmente os garotos não saem durante a semana, mas surgiu esta festa que parecia imperdível. Silvio concordou que ele fosse, desde que tivesse carona para ir, voltar e desde que não chegasse tarde em casa. Haveria aula no dia seguinte.

– Meus termos você já sabe quais são, Ivan. Se quiser, é assim.

– Tudo bem, pai. Não tem problema. Eu arrumei carona com a Nice para a ida e para a volta.

– Ah! Então a Nice também vai? – meu marido pareceu satisfeito, já que a Nice tem fama de ser muito ajuizada e de dirigir muito bem.

Esta moça não faz parte da turma deles. É a sua irmã mais nova, Nara, que é amiga do meu filho. Justamente por ser mais velha, Nice costuma levá-los e buscá-los nas festas sempre que os horários e locais coincidem com os seus programas de finais de semana.

Meu marido aprovou o arranjo que Ivan fez, acertou os horários, e tudo pareceu estar resolvido. Para Ivan estava resolvido. Ele foi à festa como combinado, só que ao invés de voltar às duas horas como havia prometido, chegou em casa às seis horas da manhã, quando seu pai, depois de ficar a noite inteira sem dormir, já se preparava para mais um dia de trabalho.

Resumindo a história, depois de passarmos a madrugada ligando para todos os números disponíveis em nossas agendas e de imaginarmos mil acidentes, tudo ficou muito claro.

A turma de meu filho jamais tinha arrumado carona nem para ir nem para voltar da tal festa. Nice não só não tinha nada a ver com a história, como também nem desconfiava que os meninos estavam usando o seu nome para conseguir que os pais liberassem suas saídas. Descobrimos isso assim que ligamos para a sua casa e ela atendeu, surpresa:

– Festa? Que festa? Carona? Do que o senhor está falando? Deve ser outra Nice, desculpe.

Naturalmente não era outra Nice e àquela altura eu já estava desesperada. O que me preocupava não era a mentira e, sim, saber o que tinha sido feito do meu filho.

Às seis horas ficamos sabendo. Ivan chegou com uma cara cheia de culpa e ainda tentou inventar que o carro de Nice havia quebrado, mas logo percebeu onde tinha se metido.

– Acabei de falar com esta moça, Ivan – Silvio gritou. – Eu só queria saber desde quando você usa o nome dela para inventar as suas caronas. Ela não sabia que tinha sido escalada para esta festa e alega jamais ter dado carona para você ou seus colegas. Vai explicar o que está acontecendo?

Ivan gaguejou, enrolou, tropeçou e não explicou coisa alguma. Agora vai ficar um mês sem sair, vai ter que pintar a nossa garagem, consertar o motor do ventilador, do aspirador, pagar o conserto do relógio e fazer mais mil e uma coisas que Silvio lembrou de listar para puni-lo.

Pior foi depois, ao sabermos que os garotos tinham voltado para casa a pé e sido assaltados por uns meninos num beco escuro.

O final da história foi um sermão que durou dias. De um lado o pai falando, de outro eu, tentando amenizar sua culpa diante do pai e, depois, à sós com meu filho, tentando mostrar as implicações do seu erro.

Meu filho errou. Mentiu para o pai, enganou. Enganou a mim também. Está errado, e eu sei disso. No entanto, as conseqüências deste erro estão indo longe demais e as suas causas, devo admitir, vêm de muito longe.

Existe uma falha enorme de comunicação entre todos nós. O Silvio fala, mas não explica, nem ouve. Simplesmente impõe. E isto nos distancia cada vez mais de nossos filhos.

Não acho que meu filho deva ficar impune. Eu só queria que existisse há muito tempo um diálogo franco para que todos se sentissem à vontade para contar o que pretendem fazer e porquê. O medo da reação do outro não facilita um relacionamento sincero. Como acertar as doses de tudo?

Acredito que o Ivan tenha consciência do seu erro e das conseqüências que poderiam surgir. Imagino que tenha se assustado muito com o assalto. Acredito sinceramente em tudo isso. Mas será que também não estou sendo displicente, depositando nele tanta confiança depois do que ele fez? Será que também não estou fazendo um pouco o papel de Francis Fontes, a qual se orgulha tanto do seu filho que não enxerga o óbvio?

A verdade é que sofro vendo pai e filho brigando. Sofro vendo meu filho sofrendo. E pouco posso fazer se não quiser criar um clima ainda pior dentro de casa. Meu marido não admite que a sua autoridade seja questionada.

III

Silvio é um doce de pessoa. Com os outros. Com os que estão do lado de lá. Aconselha seus amigos a serem mais liberais, a darem espaço para que as crianças cresçam. Quem ouve seu discurso acredita e se impressiona. O que ele esquece de dizer é que jamais aplica suas próprias teorias e que não admite erros de espécie alguma. Não há inexperiência ou imaturidade que justifique um erro, pelo menos quando se trata dos seus filhos. Será que ele cresceu assim? Claro que não. Conheço a sua história, e ela é cheia de tropeços e desvios. Uma história bastante normal. Ele não foi o herói que pretende encontrar nos filhos.

Na próxima sexta-feira será o seu aniversário. Cinqüenta anos. Meio século. É um tempo considerável. Um tempo considerável e muito positivo, desde que durante esse tempo alguém venha de fato a aprender algo sobre a vida. Resolvi fazer uma festa. É surpresa. Ele pensa que virão apenas o Bráulio e a sua família para um jantar íntimo. Não será assim. Convidei cerca de cinqüenta amigos para uma linda festa onde seja comemorada a vida. A sua vida.

Não sei se tive uma boa idéia. Não podia imaginar que o Ivan viesse a mentir e que essa mentira viesse à tona logo agora, desencadeando um clima tão pouco favorável a uma festa. O pai considerou a falta gravíssima. Não deu crédito a qualquer fato atenuante que alguém pudesse ter levantado a favor do Ivan. A mim não quis nem sequer ouvir. Sabia que eu tentaria de todas as maneiras enxergar no erro alguma desculpa.

Ivan entendeu. Sei que entendeu. Admitiu ter errado muito, prometeu jamais fazer isso, e eu senti que ele está sendo sincero, até porque levou mesmo um grande susto. Não vai querer que isso se repita. Eu confio. O pai, não.

O clima em casa ficou pesado, e eu estou até com medo de fazer a surpresa que organizei. Qual será a reação de Silvio ao ver a casa lotada, estando ele com este espírito? Ele até sugeriu cancelar o jantar com o Bráulio, e foi difícil convencê-lo do contrário. Não posso cancelar tudo a esta altura e tenho uma esperança incrível que até lá os dois se entendam.

Tenho dois dias, quarenta e oito horas para que aconteça um milagre e eu deixe de ver estes dois se encarando como feras mortalmente feridas e dispostas a atacar-se ainda mais.

...IVAN

I

Cara, desta vez a coisa foi feia. Meu pai está uma fera comigo. Fera mesmo, como eu nunca vi igual. Tá legal. Eu pisei na bola, mesmo. Menti, enrolei, enganei e me estrepei, porque desta vez deu tudo errado. Mas foi só desta vez. Das outras vezes ele não sacou nadinha.

Sim, porque foram muitas as outras vezes que eu disse ter carona, quando não tinha; disse ser festa família, quando não era; disse que ia para um lado, quando o lado era outro. Ele é que pensa que eu conto tudo. Aliás, só ele mesmo para acreditar nisso.

Como é que alguém pode contar tudo para um pai que não larga do seu pé e nunca compreende as suas razões? Não dá para contar, porque ele sempre vai achar que eu estou errado. Meu pai não confia em mim. Não mesmo. Não confia e nem disfarça.

Para os outros ele parece o máximo. Até os meus amigos têm inveja, porque ele me dá uma baita liberdade. Só que é uma liberdade que sai cara.

Outro dia rolou um papo com a turma sobre quem quer proteção, quem não quer, sobre quem quer que a decisão fique nas mãos dos pais pra barra pesar menos. Quase todo mundo disse que queria quebrar a cara sozinho. Que preferia errar por si mesmo. Tá legal. Se no meu caso fosse pra errar por si mesmo e não ser massacrado depois, tava tudo bem. Mas meu pai não perdoa.

Ele não sabe chegar em mim e conversar. Vem tudo de cima para baixo, tudo imposto, tudo lei. Depois quer que eu conte tudo. Como não conto, então tenta me embromar, se fazendo de amigo.

Ele chega como um grande camarada, faz comentários pra ver se eu entrego o jogo, pergunta se eu bebi todas, fumei todas, sempre dando um tapinha nas costas, com uma pinta de quem não quer nada. Eu sei qual é a dele. Conheço essa jogada faz tempo. Depois que eu me abro, ele acaba comigo. Deixa de lado a pose de coleguinha de turma e dá a maior bronca.

Se ele ao menos fosse esperto e soubesse chegar em mim de outro jeito... Mas ele não sabe chegar em mim. Pai nenhum sabe chegar na gente. Eles fazem um jogo duplo como quem não quer nada, mas estão sempre tramando alguma. Só que enquanto o meu pai vai indo, eu já fui e já voltei. Só ele pensa que eu sou otário.

Sai fora, meu! Se ele ao menos me deixasse errar e depois entendesse os meus motivos! Será que ele não saca que o erro já me incomoda muito? Ele não precisa ficar falando tanto. Quando a gente sente culpa, já sofre sozinho. Ou ele pensa que eu gosto de quebrar a cara? Pensa que eu gostei de entrar nessa?

Bem, pra dizer a verdade, desta vez eu até que gostei. Não sinto tanta culpa assim. Sei que não joguei limpo inventando o lance da Nice, porque a coitada entrou na história sem saber. Foi mal. Ela nem é da nossa turma, é apenas um nome que cola bem com os velhos. Todo mundo acha que com a Nice não vai ter lance ruim, já que ela não corre, não fuma, não bebe. Isso não garante tudo, mas ajuda, claro. Ajuda tanto que a turma resolveu usar o nome dela cada vez que sente que vai ser difícil enfrentar os pais. Festa longe, a gente põe a Nice na jogada. Nunca dá rolo. Quer dizer, nunca deu.

Agora está Nice, irmã de Nice, mãe de Nice, todo mundo olhando a gente meio enviesado.

Mas que foi maneiro, isso foi. Foi muito legal essa festa. Nunca me diverti tanto. Sabe quando a gente ri até doer a barriga?

Primeiro, a gente não conhecia a rua e apanhou pra chegar até lá. Era muito longe. Tomamos dois ônibus e andamos muito. Chegamos. A festa era meio da pesada, mas a bebida era grátis e as gatas legais. Como demoramos muito pra descobrir o lugar, chegamos tarde, então saímos também muito mais tarde do que o combinado.

Na volta, cadê ônibus? Não passava nenhum. Daí a gente resolveu ir andando até passar qualquer coisa que desse uma carona: cavalo, burrico, jegue. Qualquer coisa estava valendo. Mas não passava nada. Quando apareceu um ônibus, nós subimos. Nem prestamos atenção no nome.

Subimos no ônibus e andamos nele um tempão, até que a gente descobriu que estava indo na direção errada. Tínhamos vacilado outra vez. Ninguém estava ligado em coisa nenhuma. Descemos num beco escuro. Estávamos numa avenida marginal, indo para o fim do mundo, quase saindo da cidade. As poucas placas que víamos mostravam uns nomes de bairros que a gente nunca tinha ouvido falar. Pedir informação para quem se as ruas estavam desertas?

Estávamos eu, o Rick, o Jonas e o irmão dele. Esses dois caras quase nunca andam com a gente e foram eles que arrumaram a festa. Por isso é que não ia nenhum conhecido e não deu pra descolar uma carona. Claro que eu não podia dizer isso para o meu pai. Se ele soubesse que a turma era outra, já ia ficar inventando onda. Eu conhecia bem só o Rick. O Rick só conhecia a mim.

De repente nós vimos uns vultos, debaixo de uma ponte.

– Vamos falar com aqueles pivetes? – o Jonas sugeriu.

– É fria – eu falei, mas ninguém ligou.

Os moleques fingiram que iam ensinar alguma coisa e foram se aproximando. Quando chegaram bem perto, ficaram em volta ameaçando a gente com uns canivetes e pedindo o nosso dinheiro. O boné do Rick e o tênis do Jonas também foram roubados. O meu eles não quiseram. Não é tênis de marca.

Acho que a gente começou a ficar nervoso, porque assim que eles saíram correndo, nós desatamos a rir. Era uma risada atrás da outra sem nem saber o motivo. Ora a gente gozava o Jonas por ter ficado só com as meias, ora a gente invocava com o cabelo do Rick que, sem o boné, tinha ficado todo achatado na cabeça. A gente ria por tudo. Até que de tanto rir o Rick acabou vomitando. Estava num pileque só. Em vez de a gente ajudar o cara ali passando mal, sentamos todos na guia da rua e demos mais risada ainda. Acho que eu nunca me diverti tanto na vida. Perigo? Que perigo, meu? Para nós era só uma aventurinha de nada.

Continuamos andando, só que agora na direção certa. Pelo menos era a direção que o motorista do ônibus tinha indicado. Parecia que estávamos indo para algum lugar mais civilizado, pois começávamos a ver alguns prédios e luzes. Então, deu vontade de mijar. A gente tinha bebido cerveja demais e depois tinha dado risada demais, não ia demorar muito mesmo para isso acontecer.

Cada um virou para um canto e mijou à vontade. Que alegria! Mijo e riso. Quer folia maior?

Acha que dá para contar uma coisa dessas para o velho? Dá para dizer que o filho dele mijou no poste, enquanto o Rick vomitava e o Jonas era assaltado? E ele lá vai achar alguma graça nisso?

Mas também me dá uma vontade louca de perguntar se ele nunca mentiu para o meu avô, se nunca aprontou nadinha, se nunca mijou em poste.

Não, meu velho não usaria esses termos. Meu velho não mija, urina. E com certeza chegaria em casa cheio de culpa, contando:

– Meu caro pai, seu filho não pôde conter-se e urinou numa frondosa árvore! Peço, pois, vosso perdão.

Já pensou que cena?

E o resto da madrugada, então? Se eu contar para o meu pai que o Rick, bêbado, invocou com um traveco e quase apanhou dele. Que o Jonas já estava ficando com a meia furada de tanto andar e então emprestou um pé do sapato do irmão e os dois ficaram pulando numa perna só.

Parece que não tem graça nenhuma e para o meu pai não tem graça mesmo, mas eu ria muito só de ver os dois irmãos se revezando, trocando os sapatos para não cansar muito a mesma perna. Tudo era motivo pra gente se divertir. Na verdade, um provocava o outro fazendo mais graça. Não pensávamos em perigo, tragédia, cansaço, dia seguinte com aula. Isso tudo é uma grande caretice. Só estávamos vivendo um pouco, longe do controle dos adultos e nem por isso morremos. Chegamos em casa inteiros. Cansados, mas inteiros. E felizes.

Se a gente contar isso para um adulto, ele vai dizer que os assaltantes podiam ter nos matado, o ônibus podia ter nos atropelado e, se escapássemos do ônibus, o traveco podia estar armado.

Adulto dramatiza e vê sempre o pior. No final, não aconteceu nada errado. Pelo menos nós não vimos. Vai ser divertido contar os detalhes da nossa aventura para os amigos, mas para nossos pais, nem pensar. Acho que nem o Rick vai contar para o pai dele, apesar de o cara ser bem mais liberal.

Para a minha mãe um dia talvez até eu conte. Talvez esconda alguns detalhes, mas a parte engraçada posso até contar. Tem que passar alguns meses até ela esquecer o medo e o susto. Daí é até capaz que ela ache graça e ria comigo. Ela entende mais o meu jeito de ser e de levar a vida. Mãe é mais amiga. Por isso, às vezes, me abro com ela.

Minha amiga diz que menino desabafa só com mãe e com namorada, jamais com um amigo ou com o pai. Eu quis saber porque ela acredita nisso, e ela respondeu que se o cara está na pior e de repente chora, só mesmo uma mulher vai entender. Os homens vão achar que ele é viado. Palavras dela. E eu acho que ela acertou na mosca.

Com menina é diferente, além de conversarem mais umas com as outras, falam com a mãe e escrevem na agenda. Põem todos os grilos no papel e acabam desabafando.

Claro que menino não faz isso. A gente fica engolindo as coisas e acha que resolve tudo sozinho. Um belo dia dá vontade de falar. Só que amigo, nessa hora, não dá certo. Ele vai ficar tirando uma da nossa cara. Amigo serve mais para a gente pedir um conselho, mais até do que pai e mãe, porque está mais próximo da gente e entende melhor. Mas, falar para um cara que a gente está na pior, com vontade até de chorar... Aí já é difícil. Pega mal.

Por isso com a minha mãe demonstro mais o que sinto. Não tenho uma irmã pra conversar e não sei como seria se tivesse uma. As irmãs dos meus amigos também implicam com eles. Acho que não ajudam nada. Só tenho um irmão mais velho que vai me chamar de pivete, moleque, bobão.

O Mário, por exemplo, tem uma irmã e não desabafa com ela. Está certo que ela é mais nova do que ele e talvez não possa ajudar, mas o Mário diz que não se abre com ninguém, nem mesmo com o irmão mais velho, o Mateus.

Ele diz que sente coisas muito suas, muito pessoais que ninguém vai entender. Juro que fiquei curioso de saber por que tanto mistério, mas acho que dá para entender. O irmão, se bobear, é mais careta do que o pai. O pai está fora de cogitação. A mãe pelo que sei não é amiga como a minha, é mais durona, e a irmã é criança. Vai sobrar quem? Um amigo? Pra dizer que sente coisas muito suas, muito íntimas? Ih! Não dá para encarar. Eu mesmo já não fiquei com a pulga atrás da orelha, quando o Mário falou isso? Que coisas íntimas são essas?

O mal é exatamente esse. As pessoas gostam muito de julgar a gente. Se agimos certo, se errado. Depois, são muito mentirosas, falsas mesmo. São capazes de fazer a maior cara de amigo interessado na sua frente e sair contando para meio mundo o que você desabafou. Claro que tem exceções. Tem gente amiga de verdade, mas eu não conheço nenhuma com quem eu queira me abrir. Pelo jeito, o Mário também não.

Sorte que eu tenho a minha mãe. Ela é diferente. Sabe ouvir sem ficar me atacando. Por isso, às vezes, deixo ela sacar que eu não sou esse cara forte que o meu pai quer que eu seja. Não sou e acho que nem quero ser.

Sabe o que eu quero ser? Eu. "Euzinho". Só isso, do jeito que eu sou. Não quero ninguém na minha cola, me dizendo o que eu devo fazer, como devo agir.

Como é que o meu pai pode querer me ensinar a ser eu mesmo? Como é que ele pode achar que um coroa pode ensinar a gente a viver hoje? A receita dele tá toda furada, não funciona mais. Será que ele não percebe isso?

A minha mãe saca isso, alguns pais e mães de amigos também. Mas são poucos. A maioria acha que tem de ficar ditando as regras como se a gente fosse propriedade deles. Imagine só se eu fizesse o que o tal Felipe da Família F fez outro dia. Meu pai me expulsava de casa, deserdava, se não matasse.

II

Felipe Fontes, o personagem do ator mais sonso que eu já vi e que as meninas acham o maior galã, não só mentiu para o pai como eu, como também as conseqüências da mentira dele foram muito maiores.

Acho que não dá nem para comparar a besteira que ele fez com a minha. Ele pisou na bola para valer. Mentiu, sofreu um acidente, ficou ferido, machucou uma pessoa que estava com ele, arrebentou o carro da amiga e o prejuízo foi grande.

Olha só o tamanho do rolo. Despesas de hospital para um amigo acidentado, despesas de oficina mecânica para um carro emprestado. Despesas que o pai ia ter que pagar. Eu não dei despesa nenhuma. Até o dinheiro que me roubaram era muito meu. Quer dizer, meu pai já tinha me dado fazia um tempão.

Com a minha mentirinha besta, fiquei ouvindo muito sermão e injustiça. Além disso, arranjei serviço pra semana inteira. Meu pai quer que eu conserte em sete dias tudo o que quebrou aqui em casa durante uns vinte anos.

Na vida lá do tal Felipe, por muito mais, quer saber o que aconteceu? Bem, os velhos sermões de sempre, porque pai é sempre pai, até na televisão – claro que muito mais maneiros do que os sermões que eu ouvi – , alguns conselhos e castigo nenhum.

Além disso, a família estava tão aliviada e feliz, porque o Felipe estava vivo e inteiro, que só queria saber de beijar o cara. Que punição, que bronca, que nada! Daí, o cara se sentiu protegido e resolveu aproveitar o momento abençoado para receber o perdão por todas as faltas cometidas na vida. Nem bem tinha saído de uma enrascada, já foi confessando para a família uma porção de outros delitos graves cometidos na sua vida. O pior de tudo é que foi perdoado. O pai, de tão aliviado, ainda deu aquela risadinha como se achasse o filho o máximo.

Eu fiquei só olhando. Olhando e pensando o que não aconteceria comigo, ao vivo e em cores, se me abrisse desse jeito com meu velho.

III

Imagine só se eu, além da bronca que levei e dos trabalhos que arrumei para fazer só por causa da minha mentira, ainda inventasse de abrir tudo o que já aprontei com meu pai! Não ia ter sorrisinho de aprovação coisa nenhuma. Acho que nem que eu estivesse em coma, morrendo, fazendo meu último pedido antes de dar o último suspiro.

Fico só pensando na lista de revelações que eu poderia fazer ao meu pai. Que cara ele faria se eu contasse, por exemplo, que o irmão do Tadeu levou a gente em uma festa e voltou no maior pileque com todo mundo dentro do carro e que mal teve tempo de desviar do poste antes de dar o maior cavalo de pau e parar atravessado na pista? Ou, ainda, se eu contar que, numa outra festa, a polícia foi chamada e um monte de gente foi parar na cadeia por envolvimento com drogas. Até hoje ninguém sabe quem denunciou, mas eu lembro muito bem que por pouco não tive que entrar no camburão junto com uma porção de moleque. Escapei por pura sorte. E, já que tanto eu quanto a minha turma estávamos limpos, se desse rolo, seria puro azar! Imagine só o meu pai tendo de ir livrar a minha cara numa delegacia. Seria o fim do mundo!

Tem também aquela vez que uns marmanjos provocaram a gente no bar do Teco, e, como estava todo mundo meio alto, acabamos enfrentando. Cheguei em casa com um olho roxo e com uma história toda inventada. Falei que tinha defendido umas amigas de uns caras da pesada. Minha mãe cuidou do meu olho, e eu ainda fiquei com fama de bom moço.

Mentiras? Tenho uma porção. Dizer que eu me orgulho disso é outra mentira, porque eu bem que gostaria de contar algumas destas confusões para o meu pai. Tem hora que dá vontade de contar na maior camaradagem, esperar que ele saiba a diferença entre o bandido e o mocinho e até ache graça.

Eu queria ser amigo dele e queria que ele soubesse que, no meio de um monte de coisa que acontece à noite na rua, eu continuo sendo o mocinho. Só quero me divertir um pouco. Mas ele vai achar que eu estou sempre envolvido até o pescoço com as maiores pilantragens. Não é verdade. O que acontece é que a gente, na rua, fica mesmo mais exposto a encontrar com todo o tipo de pessoa e, mesmo sem querer, pode acabar entrando em fria. Eu sei que é por isso que eles querem proibir, mas adianta? Se for assim, não saímos mais de casa para nada, nem para ir à escola. Aliás, para ir à escola eles nunca acham que estamos correndo perigo. Mas perigo tem hora marcada?

Como é que o Rick até consegue contar para o pai dele algumas das nossas aventuras, e o velho não arrebenta com ele? Ora, tem pais e pais. De um tipo e de outro. O meu é de um tipo difícil de encarar. Sabe por quê? Porque meu pai não erra nunca. Bem que eu queria que ele fosse um cara normal e que de vez em quando também entrasse numa fria. Sem querer, mas que entrasse.

Mas, não. Ele é pra lá de perfeito, organizado, responsável e competente. Sabe aquele cara que deu certo na vida? Que tinha tudo para não dar certo, mas venceu todos os obstáculos? Esse é meu pai.

Meu avô tem um orgulho enorme dele, do sucesso na profissão, da grana que conseguiu ganhar, por tudo que ele pode comprar. Diz que é bem mais do que pôde dar ao filho. Daí eu viro uma sombra. Filho ruim do filho bom. Aquele que saiu do avesso. Pensa que é fácil ser a sombra de um pai como o meu? Você tem a sensação de que nunca vai se sobressair em coisa alguma. Tudo que tinha de legal pra fazer, meu pai fez primeiro. Nunca vou impressionar ninguém.

Mesmo assim, eu queria que ele fosse meu amigo. Que saísse comigo, que conversasse mais. Até que me contasse alguma loucura sua, se é que tem. Se digo isso, ele fica uma fera. Diz que sempre dialogou comigo. Isso mesmo, é a palavra que ele usa: diálogo. Sei que para que aconteça um diálogo, mais de uma pessoa precisa falar. O que temos aqui em casa é o que a minha mãe chama de monólogo. Só ele sabe, só ele entende, só ele fala.

IV

Outra coisa ruim no meu pai é essa mania de achar que os filhos dos outros são sempre melhores. Se o Mário não fosse o cara legal que é, juro que ia morrer de ódio dele. Meu pai só fala nos filhos do Bráulio. Os melhores, os mais inteligentes, os mais espertos, os mais tudo. O Mário não é nada disso. É um cara como outro qualquer da turma, se mete em encrenca como eu, aliás, quase sempre junto comigo. Mas meu pai acha que ele é perfeito. Acho que a perfeição do Mário está apenas em não ter nascido filho do meu pai, porque se fosse filho dele mesmo ele jamais veria tantas qualidades.

Será que o pai do Mário também acha que o filho é grande coisa, ou será que ele acha que perfeito sou eu?

O certo seria cada um achar o próprio filho melhor, ou pelo menos enxergar algum valor. Eu, por exemplo, não acho o meu pai melhor que o dos outros, mas também não fico falando isso para ele. Fico?

Quando digo que meu pai não é o melhor é porque comparo com o pai do Rick. Sei que o pai do Rick é amigão, boa gente e queria que o meu pai fosse um pouco parecido com ele. Até comento isso com a minha turma, mas não falo isso na cara do meu pai.

Ele, não. Não está preocupado se isso me aborrece. Vem falando e falando, elogiando meio mundo e mostrando as diferenças, os contrastes. O filho do fulano faz, eu não faço. O filho do sicrano estuda, eu, não. Depois usa estes argumentos para me proibir de fazer algumas coisas. Pronto. Aí eu fico muito irritado e tenho mais vontade ainda de fazer o que ele está proibindo. Proibiu eu faço. Comigo é assim.

Comigo é assim ou com todo mundo da minha idade?

Outro dia, no dia seguinte do rolo com o carro, ele me proibiu de sair. Coisa, aliás, que nunca faz. Era castigo mesmo. Eu tinha de ficar no quarto, sozinho, pensando na besteira que eu tinha feito. Quer dizer, ele chegou ao extremo de dizer também o que eu devo ficar pensando, enquanto ele sai com a minha mãe. Só falta mesmo querer mandar no meu pensamento.

Bom. Preso é que eu não ia ficar. Por isso, assim que eles saíram, eu joguei umas almofadas debaixo da minha coberta pra fingir que estava dormindo. Meu pai não ia querer invadir meu quarto, ia?

Eu saí e fui andando até o prédio do Mário. Tinha certeza que a turma estaria lá jogando conversa fora.

V

Assim que eu cheguei, todo mundo quis que eu contasse como tinha sido o terremoto lá em casa.

Contei não só sobre o terremoto como também toda a minha grande aventura, caprichando nos detalhes. Não preciso dizer que o pessoal rolou de rir. As meninas até pediam para eu ir mais devagar pra terminar de rir de uma coisa antes que eu viesse logo emendando com outra mais engraçada. As cenas do assalto e do Jonas andando de meias em plena avenida, machucando os pés nos pedregulhos, pareciam render muitas gargalhadas. Adorei ser o centro das atenções. Eu nunca tinha me sentido tão bem no meio dos meus amigos.

Claro, que no duelo entre pai e filho eu saí vencedor. Contei até que tinha saído de casa escondido, desafiando meu pai mais uma vez. Isso é que era ter coragem!

– Vai dar problema, Ivan! Como você vai saber a que horas eles voltam? – a Wanderléa se preocupou.

– Dá para calcular. Acho que não voltam antes das onze horas. Tenho uma hora e meia de liberdade.

– Nossa, Ivan. Do jeito que você fala, parece que vive preso. – Luciana comentou. – E a gente sabe que não é bem assim. Seu pai até que é bem legal.

– Legal com vocês. Uma simpatia. – reclamei.

– Por que será que todo mundo tem que ter problema

com os pais, gente? Não dava para eles serem normais? – Wanderléa reclamou e voltou à velha história. – O meu pai, por exemplo, é um velho saudosista que me rotulou com este nome. Tem mil planos prontinhos para mim, só que eu não aprovo nenhum.

– Meu problema maior é a minha mãe – Nara falou. – Mesmo porque meu pai mora longe. Mas ela dá uns foras que vocês não acreditam!

– Que tipo de fora? – eu quis saber.

– Esses assim de fazer os comentários errados na frente dos outros – a Léa explicou. – De tratar a gente como se fosse criança: "cumprimenta o moço, filhinha", "viu como a minhas filhas cresceram?", "aquela lá é a mais gordinha", "você lembra desta senhora, Narinha?... Ah! Ela não lembra, era tão pequeninha...".

– Ai, isso é horrível! – a Márcia logo concordou. – Rainha Regina vive fazendo isso. Eu quero morrer quando ela começa a dar show.

– Pelo jeito, o seu problema é a sua mãe – falei.

– Meu pai pega no pé o tempo inteirinho, mas acho que a minha mãe é ainda mais antiquada que ele. – Márcia explicou. – Meu pai é ciumento. Ele vem com um jeito esquisito. Pede para eu não sair e ficar com ele; fica rondando em volta do telefone para saber com quem estou falando... Essas coisas. Ele diz que é amor, eu acho que é uma encheção só.

– Esse grude todo não pode ser amor, mesmo – o Rick concordou com ela, e nessa hora eu vi o olhar de admiração que ela lhe deu.

– Meu pai é bem mais liberal, minha mãe, mais possessiva – Rick continuou falando. – Também ela vem com esse papo de proteger o filhinho querido, mas isso só irrita. Odeio quando pegam no meu pé.

– Quem ama deve querer que o outro seja livre e feliz – Wanderléa considerou. – Isso que eles fazem não tem nada de amoroso, não.

– Isso quando não fazem chantagem emocional – o Mário comentou. – Adoram fazer isso.

– Só que são previsíveis – lembrei. – Pensam que enrolam os filhos, mas acabam mesmo é se enrolando. A gente sabe direitinho o que eles estão tramando, sempre.

– Minha mãe é chata sabe com o quê? – Luciana comentou. – Com esse negócio de casa, ordem, o que os outros vão pensar de um quarto como o meu... Uma chatice. Tem tanta coisa mais importante na vida, que eu não consigo entender por que alguém precisa passar aspirador na casa inteira! Especialmente aos sábados!

– A minha mãe também gosta da casa arrumada, só que como eu também não curto muita bagunça, não reclamo – contei.

– Eu não reclamo, mas também não arrumo nada – o Rick comentou. – O quarto é meu. Quem não quiser ver bagunça que não olhe.

– Mas você não arruma o quarto nunca? – a Márcia quis saber.

– Não arrumo e não deixo arrumar. Tranco a porta quando saio pra ninguém ficar mexendo no que é meu.

– Eu não acredito que você nunca arruma o seu quarto – a Luciana falou. – Uma hora tem que tirar a roupa do caminho.

– E eu tiro... – Rick confirmou. – ... assim que perco a minha cama de vista! Quando não dá mais para saber onde fica a cama, sou obrigado a tirar algumas roupas e sapatos do caminho. Eu preciso dormir com conforto, certo?

– Só roupas e sapatos? – eu perguntei. – Confessa, cara, eu já entrei no seu quarto e vi bem mais coisa espalhada por ali. Tem livro, CD, meia, revista, desodorante, copo, lata de refrigerante... Se bobear, a gente encontra até panela no seu quarto!

– Ah! Assim também não dá... Tudo o que é demais, é demais! – Wanderléa sentenciou, solene, e nós acabamos achando graça do jeito dela falar.

– E o futuro? – O Rick lembrou. – Os pais de vocês não insistem em que a gente tem que se preocupar com o futuro?

– Nosso futuro são os próximos cinco minutos e olhe lá – Rick ponderou.

– Eu falo isso para a minha mãe – Nara comentou: – Deixe, mãe. Deixe que a minha vida aconteça. E então ela vem citando mil primas que dançam, trabalham, cantam. Diz que eu tenho que seguir os bons exemplos. Daí eu digo: ora, mas eu desenho e pinto, e isso elas também não fazem. E, além do mais, eu não quero seguir **esses** exemplos.

– Já pensou a gente ter de fazer tudo o que eles vêem os filhos dos outros fazendo? – a Márcia comentou.

— Eu não quero ficar como meu pai. Vocês já imaginaram chegar em casa estressados como os pais chegam? – eu falei, desviando para outra crítica.

— Pois o Fábio Fontes chega em casa bem-humorado, toma uma ducha e leva a família para jantar fora – a Márcia lembrou o seriado da TV, e eu logo completei:

— O senhor Fontes também não massacra o filho, mesmo que este arrebente com tudo, mande a conta para pagar e ainda confesse uma porção de delitos.

— Lá vem o papo de novela outra vez – o Rick implicou.

— Não, Rick, o Ivan está certo, eu vi este pedaço – o Mário me defendeu. — Acho que aí eles forçaram um pouco. Essa de o pai achar muito natural que o filho conte uma porção de asneira só porque saiu vivo de um acidente, é um pouco demais! Pai nenhum ia achar graça nisso.

— Concordo – A Márcia falou. – Pai nenhum é assim. Pelo menos pai de carne e osso.

— Sabe que eu acho que, se formos comparar, somos mais equilibrados do que eles? – eu disse.

— Eu também acho – a Márcia concordou outra vez. – E por mais que todo mundo fale sobre os jovens, eles não vão aprender. A televisão fala, os livros falam ... Mas parece que eles não entendem nada. Sabem o que dizem? "Não é comigo, não é meu filho, meu filho não é assim", e não mudam. Você pode até pegar um livro que fale tudo isso para eles, que esfregue uma porção de verdades no nariz deles e, ainda assim, eles não vão admitir que fazem igual.

– Não sei o que tanto vocês reclamam, o Mário interrompeu. – Eu me viro muito bem com o meu pai. Ele fala, fala, fala. Eu fico olhando bem no olho dele, sério, compenetrado. Ele acha que eu estou entendendo tudo, mas eu estou mesmo é cantando por dentro.

– Cantando por dentro? Adorei esta idéia! – Wanderléa falou. – Combina comigo!

– Mas bem que você obedece mais o papai do que a mamãe, Marinho – Márcia entregou.

– Claro! Vocês já viram o tamanho dele? Ele é grande! – o Mário, brincando, neutralizou a ironia da irmã.

– Pelo menos vocês, meninos, não têm que driblar o ciúme – Wanderléa lembrou.

– Claro que temos! – Rick protestou. – Você pensa que mãe sente o quê? Por que você acha que para as mães nenhuma namorada é boa o suficiente para seu filho?

– Isso até que dá para sacar – a Luciana falou. – Como os pais não querem que os filhos cresçam, implicam com os namorados, ou seja, com a prova viva de que nós já crescemos.

– Eles querem que a gente aprenda sem errar, escolha sem experimentar, amadureça sem namorar. Como pode? – A Márcia perguntou.

– Eu quero mais é viver a minha vida sem ter de dar muita bola para o que eles dizem. Eles já tiveram a vez deles – comentei.

– No fundo, no fundo, bem no fundo mais profundo, até que a gente gosta deles – a Márcia falou, fazendo gestos de quão profundo era esse tal lugar onde ficava o nosso amor pelos pais.

– É. A gente gosta, sim, mas também fica cheio deles de vez em quando – Rick afirmou.

– E você acha que eles não ficam cheios da gente? – Luciana defendeu.

E foi a Wanderléa, mais uma vez, que se preocupou com o meu horário.

– E aí, Ivan. Será que os seus pais já não estão voltando?

– É isso aí, a Gata Borralheira precisa ir para casa antes da meia noite – o Rick começou a debochar, e eu, sem querer mesmo provocar ainda mais meu pai, não tive outra escolha senão ir embora.

VI

Eu voltei para casa sem pressa. Tinha consultado o relógio e vi que ainda tinha um certo tempo. Fui chutando algumas pedras, com as mãos enfiadas nos bolsos da calça e fiquei pensando um pouco em todas as nossas críticas. Nós não tínhamos mentido em nada do que dissemos, mas eu me senti meio traidor. Meu pai tinha lá suas manias e injustiças, mas não era tão ruim quanto eu tinha dado a entender.

Depois, desviei este pensamento que tinha me incomodado e fiquei lembrando da minha turma. Era um pessoal legal. Todos nós, apesar de diferentes, tínhamos muita coisa em comum. A idade, as vontades, os problemas com os pais...

Ao mesmo tempo, todos nós levávamos uma vida bem confortável, onde era fácil superar desafios. E claro que sabíamos de onde vinha este apoio.

Certo, certo, falei comigo mesmo. Meu pai até que não é tão mau assim. Dá um duro danado para eu viver bem. Mas eu curto mesmo são os meus amigos e as minhas idéias.

Parei na esquina e olhei para trás. Ainda vi o pessoal reunido no prédio. O Rick e a Márcia estavam conversando num canto. Mais uma vez tinham arrumado um jeito de ficarem afastados dos outros. O mesmo fizeram o Mário e a Luciana. Isso já estava virando rotina.

Aí vi a Wanderléa saindo com a Nara. A Nara tinha sido muito legal comigo, quando eu liguei para me desculpar por ter inventado aquela história de carona com a irmã dela. A Nice também logo me desculpou. E a Wanderléa era uma das meninas mais legais da turma. Era superdivertida, tinha bom papo, e eu gostava dela. Engraçada aquela preocupação dela com o meu horário.

Será que eu estava vendo coisa onde não tinha nada? Será que eu estava viajando, ou a Léa estava a fim de mim? Por que isso agora, se a gente convivia há tanto tempo?

Continuei andando e pensando. Agora? Isso está acontecendo agora ou eu que demorei pra sacar? Teve a festa do colégio, quando ela ficou perto de mim o tempo inteiro. Teve também aquele amigo secreto que ela deu a maior bandeira! Nossa! Eu que me achava tão esperto, não tinha percebido nada. Ou ela era muito discreta, ou eu, muito devagar. "Preciso ficar mais ligado", pensei, enquanto entrava em casa.

Meninas! Não existe nada melhor. E quanto a isso, nenhum colega meu reclamava dos pais. Nesse ponto todos pareciam ser mais liberais. As meninas reclamavam e diziam que era machismo, que os homens continuavam podendo fazer tudo e elas não. Se namorassem muito, ainda ficariam faladas.

É. Algumas coisas não tinham mudado tanto. Nesse ponto, a vida do meu pai não devia ter sido muito diferente da minha, e por isso ele não implicava. Eu podia namorar o quanto quisesse e pudesse. De preferência, só rolos, nada sério. Acho até que quanto mais, melhor. Só que com menina nunca foi assim. Meninas que a gente conhecia bem, que eram amigas, ninguém queria ver namorando demais. A gente mesmo falava para elas que não pegava bem e, claro, elas diziam que tudo não passava de puro preconceito.

Podia ser. Nesse ponto, os homens pensavam igual, e a idade não fazia muita diferença. Não lembrava de ter visto meu pai implicando com garotas. Nesse assunto ele não se metia. Não ficava pedindo para eu contar, e acho que eu também não contaria.

Entrei no meu quarto deixando as idéias circulando livremente na minha cabeça. Minhas preocupações eram as mesmas de sempre. Viver a minha idade da melhor maneira possível, e isso envolvia amigos, gatas, festas, vida noturna e muita curtição. Havia algo de errado nisso? Só o que havia de errado, atrapalhando nossas vidas, eram algumas regras absurdas dos adultos e o seu jeito cansado de viver.

Na manhã seguinte, acordei com alguns ruídos vindos da rua. Levantei e olhei pelas frestas da janela. Em frente de casa, um caminhão fazia entrega de algumas caixas de bebidas, e eu me lembrei da festa. O aniversário do meu pai estava chegando, e eu não estava nem um pouco animado a aparecer. Precisava contar isso para a minha mãe. Desta vez tínhamos brigado feio. Não fazia o menor sentido eu estar sem falar com ele e fingir para os convidados que estava tudo bem. Não estava bem, nem nunca mais ficaria.

E esta era a única certeza que eu tinha sobre a minha vida naquele momento.

PARTE II

NÓS SOMOS...

...MÁRCIA

Eu tinha passado as últimas noites trancada no quarto evitando meu pai. Ficava mesmo adivinhando o que ele e a minha mãe estavam fazendo. Conhecia muito bem seus movimentos. Na última destas noites de protesto eu me lembro de ter ido dormir ainda com aquele meu humor canino, mas acordei melhor.

Talvez eu estivesse ficando cansada daquela situação. Além do mais, dizem que o tempo vai cicatrizando as feridas, diminuindo o que parece enorme, encolhendo o que parece inchar. Devia ser este o motivo. Era domingo. Não sei se feliz ou infelizmente. Talvez se eu tivesse ido para a escola, não tivesse tido a oportunidade que tive.

Muitas coisas tinham acontecido naqueles últimos dias e me levado a pensar. A discussão em casa, os papos com a minha turma, as brigas com meus irmãos, aquela série da televisão... Tudo queria fazer com que eu acreditasse que todos tinham problemas de convivência. Cada família, à sua maneira, acabava aprendendo a administrar os seus.

Como se não bastasse isso, minha amiga, Laura, tinha estado em casa para conversar comigo. Às vezes, nos finais de semana, ela aparecia, e a gente ficava horas e horas no meu quartículo conversando. Ela confia em mim. Não tem irmãos, nem amigos e gosta de se abrir comigo.

Sábado ela estava muito deprimida, fez mil comentários sobre a sua mãe e acabou me entregando uma espécie de carta onde desabafa suas angústias maiores. Depois de ler tudo aquilo e de ouvi-la, acabei chegando à conclusão de que meus problemas são menores do que penso, meus pais são melhores do que julgo, minha vida é maior do que imagino.

Li e reli aquele texto mais de uma vez. Era evidente que tinha sido jogado no papel de um fôlego só, e eu esperava poder ajudá-la de alguma maneira, lendo ou conversando com ela. Mas acho que foi ela quem acabou me ajudando, porque depois de tudo o que ouvi e li, me senti disposta a melhorar alguma coisa na minha vida.

Ela dizia assim:

*"Eu só queria saber por que **tem de** ser assim. Eu só queria saber, entender, por que as regras da minha própria vida vêm sempre de fora. E eu? Não valho nada, não penso nada, não sinto? Eles querem que eu seja equilibrada, sem frustrações, sem grilos. Como posso, se eles confundem tanto minhas idéias e vontades que eu já não sei quem sou? **Já não sei quem sou**, escrevi sem pensar, mas é verdade.*

Sei apenas que sou filha da Letícia e do Val. E ser filha da Letícia e do Val não é muita coisa. Qualquer fantoche faria bem meu papel. Letícia e Val comandam meus fios. É isso. Sinto-me amarrada por fios: Laurinha agradeça, Laurinha sorria, Laurinha, obedeça... Mas, afinal, quem é essa tal de Laurinha? Ah! Já sei. Filha da Letícia e do Val.

Laurinha não tem querer, personalidade ou coração. Nem miolos tem. Laurinha é uma adolescente problemática. Pelo menos é o que eles dizem. Mas como podem dizer isto, se eles nem sabem que Laurinha existe?

Laurinha já foi expansiva, hoje é tímida. Não gosta da sua aparência, nem das suas idéias infantis. Fica sem graça diante de estranhos e, querendo impressionar, só dá fora. Laurinha fica vermelha quando cora, fica manchada quando chora.

Letícia e Val jamais imaginaram que Laurinha ia crescer assim. Eles sonharam uma Laurinha linda, simpática, desinibida, educada e gentil. Com um tom de voz nem muito alto, nem muito baixo. Nem muito fino e irritante, nem grosso e masculino. Uma Laurinha elegante e sensual. Ao gosto de Letícia e Val.

Letícia e Val tinham tudo programado: uma menina loira, de olhos azuis, inteligente, responsável, talentosa e meiga. Mas alguém derrubou a proveta, esqueceu na gaveta ou sabe-se lá o que deu. Trocaram o programa do bebê perfeito por um bebê normal (ou será que Laurinha nem é normal?). Deu pau no programa de Letícia e Val.

Mas Letícia e Val não se conformam com imprevistos. Isso não é permitido na vida do casal. Ela, deslumbrante, eficiente, rica e inteligente. Ele bonito, elegante e capaz. Vida reta, certa, tudo sobre os trilhos. Casa magnífica, amigos influentes, programas atraentes, futuro promissor e filha... um terror.

Então, aquilo que veio torto, desentortado será. Laurinha fará dietas e exercícios, aprenderá etiquetas e usará de artifícios que a deixem um pouquinho parecida com Letícia. E para que tudo isso fique ao menos próximo do sonho, do ideal, Laurinha tem de... Laurinha tem de... Laurinha tem de...

Queira ou não queria, Laurinha que nem é Laurinha, é apenas filha de Letícia e Val, **tem de** parecer normal".

Quando acordei, a primeira coisa em que pensei foi no desabafo de Laura. Eu sabia que ela devia ter escrito tudo aquilo num momento de tristeza, que metade daquilo podia não ser real, mas muito do que ela dizia fazia sentido.

Seus pais formavam um casal elegante e de muito sucesso. Não tinham muito tempo disponível para ela, não confiavam no seu talento ou nos seus esforços. Por mais que ela fizesse, ficava sempre abaixo das expectativas.

Eu sempre imaginei ser difícil ter pais como os seus, cheios de brilho, muito exigentes e ocupados demais para enxergar a própria filha. Então pensei muito na minha vida. Será que eu tinha tantos motivos assim para implicar com meus pais? Será que de um modo ou de outro eles não aceitavam o meu jeito de ser? Não me davam os toques certos quando eu mais precisava? Meus pais erravam, mas também acertavam.

Todos nós sabíamos como era difícil conviver. Meu pai sempre frisava isso. Pessoas diferentes, com idades diferentes, cada um no seu patamar, no seu estágio de vida, com sonhos e estilos próprios... Tanta coisa diferente entre os membros de uma família, como fazer para administrar isso se as regras nunca são impessoais? Não formamos uma empresa, e, sim, um lar. Não somos departamentos, somos pessoas.

Claro que era difícil conviver, mas não era impossível melhorar algumas coisas.

Levantei sem pressa, espreguicei inteira, fui até o banheiro, escovei os dentes e os cabelos. Saí do quarto sem fazer barulho. Ouvia só os ruídos vindos da cozinha. Parei na porta da sala e espichei os olhos para lá. Rei e rainha estavam saboreando o seu café da manhã. Fixei bem o olhar neles sem que eles me vissem. Fiquei assim muito tempo, em silêncio, feito estátua. Só minha cabeça girava. Só minha cabeça parecia viva, cheia de idéias e recordações.

Pensei nas razões que nos levam a agir de um ou de outro modo e que nem sempre ficam claras para nós. Como podem estar claras para os outros? Como o meu pai pode entender o que penso se às vezes nem eu mesma entendo? Como ele pode seguir a minha linha de raciocínio ou eu, a dele, se a gente não conversar, não trocar informações e pensamentos? E a minha mãe? Será que ela sustenta este ar de rainha porque quer? Será defesa, seu jeito de ser, será mesmo só maldade? O que passa pela sua cabeça durante as 24 horas do dia? Será que ela é feliz?

Encarei aquelas duas pessoas que eu achava conhecer tão bem. Não conhecia. De repente eles me pareceram gente. Só gente. Comuns, sem superpoderes, dando duro pra viver. Não vi mais coroas nem cetros. Não havia tronos pela casa e não me senti uma súdita. Eu era eu. Eles eram eles. Cada um de nós com suas verdades.

De repente, eles notaram a minha presença. Ficaram parados no ar como que esperando uma palavra minha. Mas o que dizer numa hora dessa?

– Você quer tomar café? – a rainha perguntou, num tom amável.

– Sente-se conosco – convidou o rei, sorrindo.

Então, eu fui dando uns passos bem miúdos e humildes como não costumo ser e dei para cada um o abraço do tamanho que senti nascer.

...BRÁULIO

Naquela mesma noite em que conversei com o Silvio, finalmente, me lembrei de falar com a minha família sobre o seu convite. Claro que a única pessoa que gostou da idéia foi a Regina. Meus filhos chamaram o programa de careta e fizeram mil restrições a sair conosco. A Marcinha continuou muda. Ainda não me dirigia uma palavra. Insisti um pouco com os garotos, mas logo desisti. Estava cansado de tantos atritos.

Assisti televisão, acabei de ler o jornal e fui dormir. Nada comentei com a Regina sobre as idéias do Silvio quanto às proibições de passeios, sobre a necessidade de deixá-los soltos para "quebrar a cara". Não concordava com essa teoria. Não quero ver meus filhos, sejam meninos ou menina, quebrando a cara. Quero evitar os estragos. Evitar que sofram as conseqüências de qualquer atitude mal pensada. Prefiro prevenir. E estava convencido de estar prevenindo sempre que proibia um filho de fazer alguma coisa. Se um pai não der este tipo de proteção, quem dará?

A semana transcorreu envolvendo cada um de nós em suas ocupações, de modo que tudo foi ficando meio adormecido. As emoções foram assumindo suas devidas proporções e se acomodando. Na manhã do domingo, Regina trouxe o assunto à tona. Falou sobre as nossas divergências com os filhos, da necessidade de sermos coerentes e firmes com eles. Como sempre, tentou me convencer de que estou certo, de que estamos no único caminho possível. Ela acha que eles precisam e até gostam destes limites que lhes damos. Eu não estou tão certo quanto a isso. Não me parece que eles gostem de limites ou imposições.

Mas, quando falamos, simplesmente falamos, tudo isso fica claro e cristalino. São apenas teorias vazias. Na prática, no entanto, uma vez misturadas as emoções e reações particulares, tudo fica tremendamente obscuro. Obscuro é a palavra. A cada atrito, uma encruzilhada, uma dúvida, uma atitude obscura.

Eu quase não disse nada. Limitei-me a ouvi-la, sem contestar ou aprovar. Às vezes, gosto simplesmente de ouvi-la. Gosto de saber o que se passa com ela. Não para acatar suas idéias, simplesmente para acompanhar seu raciocínio. Regina é uma mulher inteligente e defende teorias muitas vezes interessantes. Tem vezes que discordo, tem outras que concordo. Como todos os casais.

Eu estava me servindo de leite, quando percebi um vulto na porta. Era ela, a Márcia. Estava, em silêncio, nos observando não sei dizer há quanto tempo.

Olhei para ela, Regina acompanhou o meu olhar e percebeu sua presença. Regina estava de pé, ao lado da mesa e parou assim que viu a filha. Eu, sentado, sem pensar, também interrompi meu gesto e parei com a xícara a meio caminho. Ficamos nos olhando mutuamente sem dizer nada por alguns segundos.

Foi ela quem se moveu primeiro. Séria, silenciosa, deixou apenas transparecer sua emoção através de um olhar molhado de lágrimas. Veio então em nossa direção e estendendo os braços nos tocou, tímida.

Ela falou baixinho:

– Eu amo vocês. Assim mesmo, do jeito que são.

O comentário não pareceu um elogio, e nem precisava. Não tenho mais pretensões de que ela compreenda as minhas razões de pai aos quatorze anos de idade. Mas a sua frase quebrou o gelo, quebrou o transe, quebrou com todas as nossas certezas a respeito de como agir uns com os outros.

A única certeza era esta, da maneira como ela tinha colocado: que nós todos nos amamos do jeito que somos. Sem pôr, nem tirar.

No momento em que Regina e eu dávamos um sorriso como resposta ao tímido abraço de nossa filha, Mateus e Mário entraram na cozinha com cara de sono e nos fizeram voltar à realidade perguntando sobre o café.

– O café está pronto, mãe?

Estava. Estava pronto o café e estávamos prontos todos nós para enfrentarmos mais um dia. Juntos.

...MIRIAM

O tempo, apesar do clima pesado dentro de casa, tinha passado depressa. Claro que os preparativos da festa se encarregaram de deixá-lo voar. Eu tinha tantas providências a tomar, tantos detalhes em que pensar, que não sentia as horas girando apressadas.

Só quando meu marido e meu filho se aproximavam ao mesmo tempo, eu me dava conta de quanto estava durando aquele desentendimento. Tentava então, de todas as maneiras, ora com um, ora com outro, convencê-los a fazer uma trégua. Qual o quê! Tal pai, tal filho. Ninguém cede, ninguém reconsidera.

Até que a hora da festa chegou. Tive um certo trabalho em esconder a surpresa, em desviar a atenção do Silvio para outras coisas, para convencê-lo a passar a tarde no clube relaxando, mas tudo deu certo, finalmente.

Pedi que Ivan colaborasse também, pelo menos não atrapalhando. Eu não queria saber de ironias ou provocações. Estava disposta a fazer de tudo para que a situação real do nosso lar não fosse visível. Não naquele momento.

As coisas foram acontecendo por si. Depois de todas as providências, na verdade, chega uma hora em que pouco se pode fazer. Parece que os convidados, os imprevistos, as diferentes reações das pessoas acabam conduzindo a festa.

Isso não me preocupava, pois meu marido é um homem querido. Ele é sedutor, envolvente, o tipo do homem que cativa. Por isso eu sabia que todos estavam lá realmente para felicitá-lo. Infelizmente, só o meu filho que não. Estava presente por obrigação.

Minutos antes, no quarto, enquanto trocava de roupa, Silvio comentara:

– Sabia que este é o primeiro aniversário que o meu filho não me cumprimenta? O primeiro que passamos brigados?

– Você não acha um ótimo momento para uma reconciliação? – perguntei, ansiosa.

– Quem errou? – ele falou, simplesmente. – Quem erra sempre?

Vi que não era hora de prolongar aquilo e lamentei. Certamente o momento ideal para uma aproximação entre os dois seria desperdiçado, e, se isso de fato acontecesse, não podia imaginar por quanto tempo mais essa briga se prolongaria.

Resolvi não insistir e me envolver naquilo para o qual tanto tinha me empenhado. Recebi os convidados, dei as ordens necessárias e aguardei o melhor momento para revelar a surpresa.

Ele apareceu na sala tranqüilo e recebeu a família de Bráulio, como sempre, cheio de gentilezas. Então, nós todos o conduzimos até o jardim, onde um grupo bem maior de amigos o esperava. Houve canto, aplausos, risadas, cumprimentos. Tudo parecia perfeito.

De longe, procurava meu filho com os olhos para fazer um último apelo: cumprimente o seu pai. Seria possível que nem nessa hora ele se daria conta de quem era aquele homem que estava comemorando os cinqüenta anos de uma existência, dezesseis dos quais dedicados quase que exclusivamente a ele?

Não. Ele não ia se dar conta de nada. Estava impassível, desviava o olhar, fingia não perceber o que eu queria.

Distraí-me atendendo alguns convidados e ao me voltar, simplesmente congelei meus movimentos, minha respiração.

Vi um abraço. O maior já visto, o mais forte, mais envolvente, mais emocionante que já tinha presenciado. Pai e filho, unidos num laço perfeito. Como aquilo tinha acontecido?

Meus olhos ficaram molhados, minha visão, turva. Eu mais sentia do que via. O rosto do pai estava voltado para mim. Tinha os olhos apertados, um sorriso contido. Então buscou-me com os olhos e prendeu seu olhar no meu. Depois, fitou o amigo Bráulio que, ciente de tudo, fez-lhe um sinal de aprovação com o polegar. Eu contive a minha emoção e dediquei-me aos convidados com uma só certeza: agora e só agora nós estávamos de fato comemorando o aniversário do meu marido.

Eu sabia, melhor do que ninguém, que sem o carinho do filho, aquela festa não teria para Silvio o menor sentido.

...IVAN

O dia do aniversário do meu pai chegou, e eu ainda estava sem falar com ele. Nenhum dos dois dava o braço a torcer. Minha mãe, no meio, sempre tentando nos aproximar, sem sucesso. Somos feitos do mesmo barro, ela diz. Somos tão parecidos que não cedemos um milímetro.

Fiquei na dúvida se devia ou não comprar um presente para ele, até que na hora do almoço resolvi sair. Se encontrasse alguma coisa legal, compraria. Nem que fosse para dar dali a cem anos.

Em casa, estava uma agitação só. Minha mãe disfarçando, fingindo que eram poucos os pratos, poucos os convidados e, escondida na despensa, pilhas e pilhas de louça alugada, talheres, caixas de vinho, arranjos de mesa.

O pessoal do bufê chegaria às quatro horas. Minha mãe tinha convencido o meu pai a relaxar um pouco no clube. Quando voltasse, veria uma pequena mesa montada na sala de jantar. Na hora certa, minha mãe o levaria até o jardim e o surpreenderia com os outros convidados. Bráulio e a família deviam chegar mais cedo para continuar enrolando o aniversariante. Coisa de esposa. Era legal.

Quer dizer, legal para ela que curte um aniversário como ninguém e adora organizar estas festas surpresas. Para mim seria um tédio. Teria que circular entre os convidados sorrindo, fingindo que tudo estava bem, quando na verdade estávamos em clima de guerra.

Em consideração à minha mãe, no entanto, eu tinha prometido aparecer na festa com um largo sorriso no rosto. Ninguém desconfiaria de nada, a não ser, é claro, os meus amigos que estavam carecas de saber o que tinha acontecido.

Olhei algumas vitrines do shopping sem a menor vontade, até que acabei optando por uma gravata de seda. Com a vontade que eu estava de enforcar o meu pai, não podia encontrar presente melhor.

A hora da festa chegou. Os convidados chegaram. Meu pai apareceu todo elegante, perfumado e cumprimentou a família do Bráulio tão sorridente quanto eu. Parece que nós dois fazíamos questão de mostrar que um não atingia o outro. Um não estragaria a noite do outro. Era mesmo uma guerra silenciosa.

Eu não tinha dirigido uma só palavra a ele. Era a primeira vez em toda a minha vida que não desejava um feliz aniversário para o meu pai. Isso devia estar me incomodando muito, mas lá naquelas profundezas a que a Márcia tinha se referido dias antes. Porque eu mesmo acreditava que tudo estava muito bem.

Na verdade, a Márcia, que também tinha brigado com o pai por aqueles dias e acabou não resistindo a fazer as pazes, tinha apostado comigo que a nossa briga ia mesmo acabar naquela noite.

Eu, que vinha ultimamente me sentindo o dono da verdade, lembrei a ela que aquilo não era uma novela, não era um episódio da Família F onde tudo acaba sempre bem.

– Isso aqui é vida real, Márcia – eu lembrei. – Você sente tudo na pele. Não é ficção. Você não passa uma borracha em cima e sorri para as câmeras esperando o comercial.

– Claro que eu sei que isso é vida real, Ivan. Mas este é o motivo. A gente quando se emociona, é pra valer!

– Quando se magoa também – retruquei, sem estar mais muito certo de quem tinha magoado quem. Eu, com a minha mentira, ou meu pai, com seus comentários e reações.

– Ainda assim acho impossível essa briga passar de hoje, Ivan – a Márcia reforçou. – Festa, luzes, surpresas, amigos reunidos, música, vinho... Um de vocês dois vai fraquejar e abrir os braços. Por muito menos eu me derreti com meu pai!

– Pode esquecer – eu avisei, convencido. – Por mim essa briga não termina é nunca!

– Quer apostar? – ela provocou.

Apostamos. E agora estava eu no meio de todas aquelas luzes, surpresas, amigos, música e vinho, me sentindo firme e inabalável.

Vi quando a minha mãe abriu a porta da sala e levou o meu pai até o jardim. Vi quando as luzes se apagaram e todos cantaram para ele, batendo palmas e sorrindo. Vi as velas acesas cintilando sobre o bolo. Vi seu olhar surpreso e assustado. E não me abalei.

Para ser franco, senti uma fisgadinha de leve no peito, mas acho que foi por causa de toda a expectativa da minha mãe. Ela tinha se empenhado tanto que eu queria que a festa fosse ótima. Meu pai podia até ficar zangado com tudo aquilo. Não era muito chegado a festas como ela.

Não ficou. Abraçou os amigos, apagou as velas, sorriu para todos. Minha mãe, a todo instante, me olhava e fazia um sinal para que eu cumprimentasse o velho. Eu fingia que não via, desviava os olhos.

Sem querer, fiz o mesmo com ele. Nossos olhares se cruzaram por segundos e nós dois os desviamos depressa. Fiquei zangado comigo mesmo. Não queria que ele me visse olhando para ele daquele jeito. Queria era deixar evidente toda a minha indiferença.

Só que, como diz a Márcia, no fundo, lá no fundo, bem no fundo mais profundo, tinha um nó apertando a minha garganta e um medo daquele dia passar e eu não cumprimentar o meu pai. Será que se eu não desejasse felicidades daria azar? Será que dali em diante sua vida seria pior só por causa daquela minha teimosia?

Fui pensando um monte de bobagem desse tipo e me aproximando do bolo. Não via naquilo uma razão, uma lógica. Só sei que tive o impulso de me aproximar e me aproximei. Depois, tive o impulso de tocar o seu ombro e toquei. Ele se voltou para mim e pareceu conter uma coisa qualquer. Um grito de surpresa, um choro, um sorriso. Ele fez uma careta que parecia emoção. Podia ser raiva também e eu, por segundos, tive medo de ter tomado a atitude errada.

Então, ele abriu os braços e me abraçou com força.

Então, eu gaguejei algum voto de felicidade e repeti aquela frase tão batida: "Pai, eu te amo".

Então, eu fechei os olhos e o apertei junto do meu peito.

Então, ainda abraçado com ele, eu abri os olhos e dei de cara com a Marcinha que piscava um olho me lembrando que, naquele exato momento, eu acabava de perder uma aposta.

Mas era uma aposta que valia a pena perder, pois, finalmente, eu voltava a me sentir de bem comigo mesmo.

FIM

NOTA DA AUTORA

Todas as vezes em que termino um livro, faço alguns comentários sobre ele. Acho importante que o leitor saiba como surgiu o tema, qual foi a motivação, o desenvolvimento. Cada livro tem uma história particular, e este não foge à regra. Ou melhor, até foge à regra, pois nasceu por caminhos externos ao próprio autor. Este tema foi solicitado por jovens estudantes que, ao me ouvirem comentar, em uma palestra, que os conflitos entre gerações estavam mais suaves, questionaram a minha afirmação.

"Não é bem assim", disseram eles. " Os adultos pensam que este diálogo entre pais e filhos está melhor, mas nós achamos que não está tão melhor assim".

Fiquei surpresa com a segurança deles, e começamos a conversar sobre isso. A cada frase, eles me convenciam que muito daquilo que eu acreditava como certo era encarado pelos jovens de uma maneira diferente. Claro. Diferentes idades, diferentes expectativas, diferentes emoções. Como eu podia ser tão ingênua e achar que realmente a minha geração tinha dado um salto qualitativo na comunicação com os filhos?

Muitas das reclamações que eles faziam eram exatamente as mesmas que eu e toda a minha geração fizemos. Muitos dos seus argumentos foram um dia meus argumentos. Eu tinha simplesmente trocado de lado e, assim como os meus pais, acreditado estar certa em quase todas as minhas opiniões.

Empolgados, eles me sugeriram fazer um livro sobre relacionamento entre pais e filhos. Mas como fazer isso sem a colaboração do próprio jovem?

Daí a nos reunirmos para novos papos, foi um pulo. A sugestão deles aliou-se a um projeto antigo da DeLeitura, e tudo fluiu como já devia estar escrito em algum lugar. Era o nosso destino.

O livro, então, nasceu. Contém não críticas severas aos pais, mas verdades que brotaram de dentro de cada um dos jovens que se dispuseram a falar abertamente. Não para acusar, ridicularizar, fazer guerra, mas, sim, para abrir uma brecha, um atalho, um caminho. Um caminho que nós adultos ainda não aprendemos a trilhar.

Procurei respeitar seus pontos de vista e colocar as suas frases na boca de meus personagens. Todas elas embaralhadas. Não importa quem falou o quê. Importa que todos falamos, adultos e jovens. Não só falamos, como nos divertimos muito vendo a imagem que tínhamos uns dos outros.

Eu, como mãe, vesti muitas das carapuças que eles me mostraram. As frases de seus pais, eram as minhas. As suas respostas, as de meus filhos. Tudo muito igual, tudo muito rico, tudo muito franco, tudo muito amoroso, apesar de conflitante. E nós todos sabemos que onde há emoção forte, a razão nem sempre atua. Esta é a causa dos relacionamentos familiares serem tão complexos.

A todos os autores deste livro eu agradeço. Os papos, a convivência jovem, a espontaneidade e a confiança que depositaram em mim, abrindo seus corações.

A todos os autores também peço desculpas pelo tempo de espera. Os personagens ficaram muito tempo tramando um texto dentro de mim, até se mostrarem dispostos a falar. Não era uma história com começo, meio e fim. Era um conjunto de fatos, visões, relatos, uma colcha de retalhos que precisava ser bem alinhavada.

O tempo que passou foi o tempo que este livro precisou para nascer. Nem mais, nem menos. Espero que para todos nós seja o tempo certo. Tempo de se espelhar em alguma frase de um personagem – pai, mãe, filho ou filha. Tempo de se conhecer. Tempo de refletir e compreender o outro. Tempo de aprender. Tempo de respeitar. Tempo de dialogar. Tempo de conviver e abraçar.

Que seja o nosso *Tempo de Viver*. **JUNTOS!**

AGRADECIMENTOS

Agradecemos à direção do Colégio Mater Dei pelo apoio na realização dos debates e, em especial, à coordenação de Ivany Raphael José e à participação dos alunos:

    Daniela Elaine Moraes de Almeida
    Daniela Gonçalves Bitar
    Fábio Abiarraj Antunes de Souza
    Fernanda Fuser Pacheco
    Gisele Tolaini Gomes Pereira
    Gustavo Pessoa Croitor
    Lucas Heleno Forte
    Marcelo Alves de Macedo Leandro
    Marina de Paula Leão Costa
    Pedro Araujo Moura Costa
    Suzanne Polity

Qual a proposta da *DeLeitura*?

Novos Tempos! E os questionamentos são exatamente os mesmos. O Homem desagregou o átomo, invadiu a privacidade da célula, brincou de criador e, no auge de sua maturidade científica, tomou para si o dom da criação da vida, antes apenas prerrogativa de Deus.

Mas os problemas cotidianos, aqueles que não dependem de soluções geniais ou milagrosas, permanecem exatamente os mesmos.

Para o jovem, sobretudo, a evolução técnica não parece suficiente para resolver, ou pelo menos discutir de uma nova maneira, os velhos problemas.

Em nosso admirável mundo novo, parece que cada vez mais diminui o espaço para se falar de coisas muito simples, mas também muito importantes, como o relacionamento entre as pessoas, a constante sedução que as drogas exercem sobre o ser humano, em especial sobre os seres humanos muito jovens, a busca de uma identidade social e profissional significativa e o grande desafio que é saber transformar a vida do dia-a-dia numa aventura de construção, de conhecimento de si próprio e do mundo.

Parece que diante de tantos temas falta tempo para se falar da questão mais importante da vida, formulada na mente do primeiro ser humano que, há milhares de anos, olhou para si mesmo, percebeu que era capaz de perceber-se e lançou a pergunta até hoje sem resposta, não obstante as técnicas, a gramática e a evolução: Quem sou eu? De onde vim? Para onde vou? Por que me comporto desta ou daquela maneira?

A *DeLeitura* não pretende resolver estas questões, mesmo porque gigantes do humanismo e da filosofia de todos os tempos se debruçaram sobre elas e não obtiveram nenhuma resposta convincente; o que queremos é apenas discutí-las e, quem sabe, através deste debate, contribuir para a formação de um ser humano melhor.

Nosso público? Os jovens, já que são eles a semente, a pedra fundamental de um mundo melhor que não está assim tão distante, já que hoje em dia até o futuro chega mais rápido. Nosso método? Os livros, é claro, porque acreditamos que apesar da valiosa existência de outras mídias, o livro ainda é a melhor forma de um ser humano falar a outro.

Esta é a pequena contribuição que queremos dar a um mundo que acreditamos será melhor a cada dia. Esta é a proposta da *DeLeitura*.

Convidamos você a participar conosco desta caminhada enviando sugestões, críticas e questionamentos. Estamos abertos para escutar e responder, interagir com você. Nosso endereço é:

DeLeitura
Rua Lacedemônia, 68 – Vila Alexandria
04634-020 São Paulo - SP
Tel.: (0xx11)5031.1500 / Fax: 3031.3462
aquariana@ground.com.br
www.ground.com.br

Sonia Salerno Forjaz

Foi no ritmo agitado da cidade de São Paulo, onde nasci e sempre vivi, que descobri minhas grandes paixões. Uma delas, escrever. Outra, conhecer e compreender os mistérios das relações humanas numa sociedade. Isso me levou a estudar Ciências Sociais na Universidade de São Paulo e, posteriormente, a fazer o curso de Licenciatura na Faculdade de Educação da mesma universidade. Naquela ocasião, a profissão de sociólogo não era nem mesmo regulamentada; então, depois de formada, passei a trabalhar em várias áreas, sem, contudo, deixar que esta paixão pela vida cotidiana esmorecesse. Como atividade paralela, eu escrevia poesias e histórias infantis que eram publicadas em revistas. Das revistas, passei a publicar livros infantis e, mais tarde, livros juvenis. Em comum, todos têm o fato de tratarem de temas sociais, com os quais convivemos diariamente e com os quais aprendemos a nos conhecer, a agir e a crescer.

Após desenvolver o meu trabalho nessa linha, surgiu o convite da *DeLeitura* para formar uma equipe que, unida por um objetivo muito especial, teria a oportunidade de selecionar temas, trocar idéias, ampliá-las, alinhavando, com os fios de nossas diferentes visões de mundo, um tecido muito mais rico. Acho fascinante poder enxergar além das simples aparências.

**Outras obras da autora
publicadas pela DeLeitura**

Acorda, que a corda é bamba
Eu, Cidadão do Mundo
Na Rota dos Sentidos
No Palco da Vida
Se esta história fosse minha

Impresso nas oficinas da
Gráfica Palas Athena